KB264187

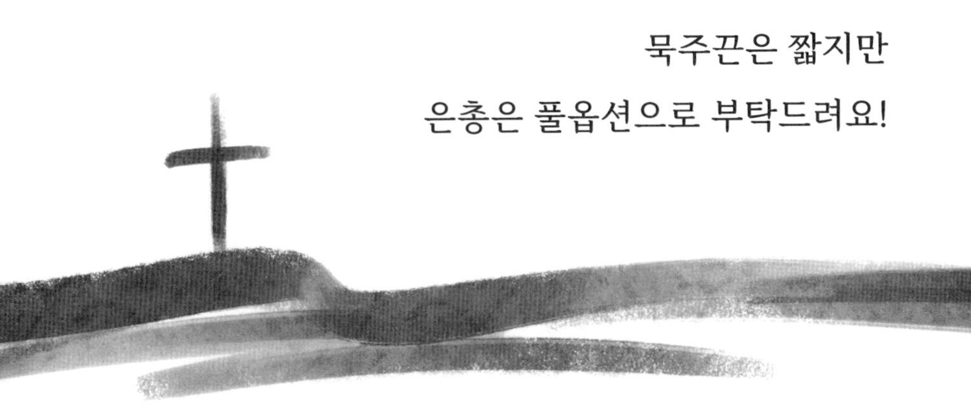

주님, 마르타가 갑니다

박윤후 지음

대│경북│스

1판 1쇄 인쇄 2025년 12월 17일
1판 1쇄 발행 2025년 12월 24일

지은이 박윤후

발행인 김영대
펴낸 곳 대경북스
등록번호 제 1-1003호
주소 서울시 강동구 천중로42길 45(길동 379-15) 2F
전화 (02) 485-1988, 485-2586~87
팩스 (02) 485-1488
쇼핑몰 https://smartstore.naver.com/dkbooksmall
e-mail dkbookss@naver.com

ISBN 979-11-7168-123-5 03810

추천의 글

천주교 신자가 되기 위해서는 일정 기간 예비자로 지내야 하고, 그 동안 앞으로 신앙생활을 잘할 수 있도록 교회에서 가르치는 교리를 배우게 됩니다. 처음 신앙인이 되겠다고 오는 분들에게 왜 교회에 오려 했는지를 묻는 절차가 있습니다. 그때 대부분의 예비자 분들은 하느님을 알기 위해서 오셨다고 하지만, 가장 큰 이유를 들어보면 마음의 평화를 얻기 위해서라고 답을 합니다. 사람들이 신앙을 통해 마음의 평화를 얻고자 하는 바람이 매우 크구나 하는 생각을 하게 됩니다.

저는 유아 세례를 받았기에 당연히 하느님을 믿어야 했고, 별 의심 없이 신앙을 받아들이고 지금까지 살아왔지만, 성인이 되어서 신앙을 접하는 분들은 많은 생각과 고민 끝에 신앙을 받아들이게 될 것이라 생각합니다. 우리 박윤후 안나 자매의 소설《주님, 마르타가 갑니다》는 저는 겪어보지 못했지만 신앙인이라면 누구나 겪을 수 있는 여러 체험을 아주 재미있고 쉽게 풀어 고백한 책이며, 누구나 가질 수는 있지만 쉽게 가질 수는 없었던 신앙체험을 통해 신앙인이 되어가는 과정을 잘 그려낸 책이라고 생각합니다.

이 책이 신앙에 관심을 가지신 분들에게는 아주 좋은 길잡이가 될 수 있을 거라 생각합니다. 아울러 이 책을 통해 많은 신자분들이 본인이 신자가 되었을 때의 첫마음을 다시금 생각해 보는 기회를 가졌으면 좋겠습니다.

이 책이 늘 주님과 함께하며 좌충우돌 살아가는 우리 모두에게 힘이 되었으면 합니다. 신앙을 통해 마음의 평화를 얻고 주님을 찾아가는 《주님, 마르타가 갑니다》는 주님의 따뜻한 선물입니다.

2025년 12월

김훈겸 세례자요한 신부(성내동성당 주임)

추천의 글

이 소설은 -우리나라 최초의 여성 로맨스소설 작가인 박윤후 님의- 평범한 한 여성이 인생의 파도와 감정의 연옥 속에서 은총을 체험하고 회심으로 나아가는 여정을 역동적으로 그린 '예비신자 신앙입문 리얼 체험기'이자, 우리네 현 본당 공동체의 일상을 다룬 또 하나의 최초의 가톨릭 소설이 아닐까 생각됩니다.

아울러 은총과 불신이 끊임없이 교차하는 개인의 신앙을 '시노 달리타스적(Synodalitas)' 상상력을 통해 어떻게 본당 공동체가 위로하고 치유하며 사랑으로 일치하는지, 우리 교회의 모든 구성원들이 맛보았으면 하는 선물같은 소설입니다.

2025년 12월

김동규 바오로 신부 (의정부교구)

차 례

1

인생이 왜 이래?

산발한 채 반쯤 감긴 눈으로 방에서 나오는 딸을 보며 송해연은 생각했다.

'내가 대역죄인을 낳았구나.'

유난히 뱃속에서부터 엄마를 고생시키던 딸이었다.

7개월로 접어들었을 때 조기유산기로 고위험임산부실로 실려 가게 하더니, 8개월에는 임신성 당뇨 판정을 받게 했다. 태아는 탯줄을 통해 포도당을 공급받고, 성장을 하게 된다. 그런데 임신성 당뇨는 산모가 태아에게 포도당을 공급해주려고 인슐린 분비 조절이 안 되는 게 원인이었다. 내 아이가 뱃속에서 무럭무럭 자라게 하기 위해 인슐린 분비를 안 한다는 뜻이었다. 즉, 산모의 과도한 모성애가 병을 만드는 것이었다.

'알아? 나의 모성애는 그때 끝났어!'

길게 하품하며 화장실로 들어가는 딸의 뒷모습을 노려보며 해연은 몇 번이고 허공에 주먹을 들었다 놨다.

그녀의 딸 박민지는 중학교 2학년이 되자 남들도 다 걸린다는 병에 걸렸다. 외계인도 무서워서 지구침공을 안 한다는 중2병이었다. 민지가 어찌나 중증인지 해연은 매일 아침, 아이를 등교준비시키며 소리 없는 아우성만 내지를 뿐이었다. 자칫해서 잔소리 한마디라도 입 밖으로 나가면 그날은 집안이 초토화되었다. 누가 더 상대에게 잔인해질 수 있는지 대회라도 열린 양 가족들은 서로에게 비수가 담긴 말들을 쏟아내다가 각자 뿔뿔이 흩어지곤 했다. 그렇게 어긋난 관계가 회복되기란 무척이나 힘들었다.

"이제 그만해."

그녀가 허공에 헛주먹질을 휘두르며 서 있자 식탁 앞에 앉으며 남편 박정대가 낮게 혀를 찼다.

"하루 이틀도 아니고, 그냥 내버려둬. 중2병이니까 중3 되면 괜찮아지겠지."

"아랫집 세은이는 고2인데 여태 아이돌 되겠다며 오디션 보고 다니던데."

"미리 사인 받아놔야 하는 거 아냐?"

"세은이 못 봤어? 아빠 빼박이잖아. 차라리 엄마를 닮지. 내가 볼 땐 세은이보다 세은이 엄마가 아이돌 되는 게 빨라.”

그러자 정대가 혀를 쯧쯧 찼다.

“요즘 애들이 현실 파악을 못 하나?”

“핸드폰이 문제야, 문제.”

실제로 어린 나이의 스마트폰 사용이 현실과 비현실을 구분하는 뇌의 기능을 저하시킨다는 연구결과도 있었다.

그렇다고 무턱대고 아이의 스마트폰 사용을 제한하자니 여러 문제가 발생했다. 하다못해 학급 단톡방에 올라오는 글을 확인하지 않으면 아이가 학급 정보를 접하는 게 어려웠다.

“핸드폰을 뺏을 수도 없고.”

“하긴, 우리 민지도 핸드폰 하기 전에는 예뻤는데.”

한숨을 푹푹 쉬며 국을 퍼 내놓자 정대가 수저로 툭툭 밥그릇을 두드렸다.

무슨 고사 지내는 것도 아니고, 밥그릇을 왜 치는지 해연은 도무지 이해할 수가 없었다. 연애할 때부터 수없이 그 버릇을 고치라고 했건만, 그는 20년이 다 되어가도록 변함이 없었다. 그걸 보면 아무리 잔소리해도 듣지 않는 건 딸이나 남편이나 다를 바가 눈곱만치도 없었다.

“아, 맞다!”

의자에 앉으려다 달력을 본 해연은 얼른 일어나 쇼핑백을 챙겨

세탁실로 후다닥 들어갔다.

정월 대보름이 지나기 전에 시모에게 가족들이 입던 속옷을 챙겨줘야 했기 때문이었다. 절에 다니는 시부모는 매해 정월이 되면 신신당부를 하곤 했다.

"꼭 입던 속옷을 태워야 한다. 그래야 액운이 다 없어져."

그래서 세탁 바구니를 뒤적거려서 속옷들을 꺼내며 해연은 중얼거렸다.

"민지 거가 안 보이네. 또 손빨래 했나……."

그때 뒤에서 들리는 민지의 외침에 그녀는 움찔했다.

"그거 하지 말라고!"

민지는 맨발로 세탁실로 성큼성큼 들어오더니 해연의 손에 있는 쇼핑백을 낚아챘다.

"진짜 싫다고! 할머니한테 이런 거 하지 말라고 해!"

초등학생 저학년 때까지만 해도 입던 속옷을 벗어서 내놓던 아이였다. 그런데 이제는 해연이 몰래 빨래바구니에서 챙길까 봐 직접 손빨래까지 하고 있었다. 게다가 해연과 정대에게까지 그러지 말라고 목에 핏대를 세워가며 소리쳤다.

"아, 대체 왜 그러는데! 변태야? 입던 속옷은 왜 자꾸 가져가는데!"

"뭐, 뭐? 변, 변태? 박민지! 너, 엄마한테 그게 무슨 말이야?"

"엄마보고 한 말 아니거든? 속옷 가져오라는 인간들이 변태지."

"정월 대보름에 태워서 액운을 없애는 거라잖아."

"그런 걸 누가 믿냐고. 요즘 세상에, 그런 거 믿는 사람이 바보지."

해연도 믿어서 챙기는 게 아니었다.

시부모의 요구를 거절하는 게 어려워서 못내 하는 것뿐이었다. 하지만 애한테 그런 속내를 말하기는 어려웠다.

"그냥 좋은 게 좋은 거지. 진짜로 액운이 없어지면 좋은 거고, 아니면 그냥 속옷 태운 거로 끝나고."

어떻게든 민지를 달래보려 했지만, 이미 민지의 눈은 검은자 보다 흰자가 더 많이 보였다. 희번덕거리는 아이의 눈을 보니 해연은 등줄기에 소름이 타고 올랐다. 천년의 한을 품은 처녀귀신을 마주해도 이리 오싹하지 않을 터였다.

결국 해연은 쇼핑백을 포기하고 출근준비를 했다.

6년 전부터 근무한 어린이집은 집에서 멀지도 않고, 아이를 좋아하는 그녀에게는 딱 좋은 직장이었다. 유일한 문제라면 지난 몇 년 간, 해마다 원생이 줄어드는 것이었다. 출산률 저하가 심각하다는 뉴스를 접할 때마다 그녀는 어린이집이 문을 닫을까 걱정하고 있었다. 이제 곧 3월이 되면 어린이집에서 유치원으로 이동하는 유아들의 빈자리를 채워야만 해서 불안감은 더욱 커졌다. 연말부터 신입생 상담 문의조차 없는 걸 알기 때문이었다.

"올해는 원생이 다섯 명 이상 들어와야 할 텐데."

"애들이 그렇게 없어?"

정대의 질문에 해연은 한숨만 푹푹 쉬었다.

그때 아침도 안 먹고 화장실에 처박혀 있던 딸 민지가 허연 얼굴에 입술이 시뻘개져서 나왔다. 보기 무서울 정도였다. 그 모습을 지켜볼 부모는 없었다. 그녀도 한때는 민지의 화장품을 쓸어버리며 화를 내기도 했었다. 하지만 민지의 '괴랄병'은 이겨낼 수가 없었다. 괴이하게 행동하는 병이라는 그 말도 민지 입에서 나온 단어였다. 물론 해연은 '괴상하게 지랄하는 병'이라고 해석하고 있었다. 그만큼 민지의 광폭모드는 감당하기 어려웠다. 결국 해연과 정대는 딸의 분장을 말리는 걸 포기했다.

"들어갈 땐 대역죄인, 나올 땐 가부키."

"아, 뭐! 왜!"

정대에게 속닥거리는 걸 어떻게 들었는지, 민지가 소리치자 해연은 부산스럽게 움직였다. 무시가 답이었다. 같이 소리쳤다간 울화만 터질 뿐이었다.

세 사람은 순서별로 집을 나섰다.

정대가 제일 먼저 나갔고, 책가방을 한쪽에 삐딱하니 맨 채 민지가 나가자 해연은 허둥대며 집안을 살피고 나섰다. 그게 일상이었다. 하루하루 변하지 않는 매일의 시작이었다. 변하지 않아서 짜증나는 남편의 습관, 너무 변해서 살벌한 딸의 성질, 이도저도 아닌 자신의 인생이 그녀의 출근길에 따라붙었다.

2월의 중순을 지나며 아파트 단지의 조경수들은 초라함을 벗기 시작했다.

앙상하던 가지 끝에 연한 초록 봉오리를 밀어대며 안간힘을 쓰는 나무를 지나면서 해연은 생각했다.

'너희도 참 열심히도 산다.'

여름에는 뜨거운 햇빛을 이겨내고, 가을에는 낙엽을 떨구어 추위를 준비하고, 겨울의 혹한을 견뎌내다가 마침내 봄에는 아등바등 새싹을 만들어냈다. 왜 그리 최선을 다하는지 이해할 수가 없었다.

"내가 아직 철이 덜 들었나."

그래서 이해를 못하나.

누군가 그녀에게 그냥 대충 살라고 해주면 좋겠다 싶었다. 그러면 그 핑계 대고 조금은 편하게, 덜 상처받고 덜 눈치 보며 살아볼 수 있지 않을까.

그런 생각을 하며 출근해서였을까. 해연은 어린이집에 들어서

자마자 눈물로 얼룩진 원장의 얼굴을 마주했다.

"송 선생님. 정말 아쉽지만 우리, 다음 달 1일에 문을 닫기로 했어요."

"네? 이렇게 갑자기요?"

"원생 모집이 안 되어서, 운영이 힘들게 되었어요."

"아……."

우려했던 일이 벌어진 것이었다.

그렇다 해도 이렇게 갑자기 어린이집이 문을 닫을 거라고는 상상도 못했었다. 해연을 비롯해 어린이집 선생들은 아침부터 연신 술렁거렸다. 등원하는 아이들을 맞이하면서 억지웃음을 지었지만, 심란함을 감출 수는 없었다.

그때 아이를 등원시키던 학부모 한 명이 하소연했다.

"어떡해요, 선생님. 해님 어린이집도 작년에 문 닫고, 이 근방에 다닐 어린이집이 없는데."

그 말을 들으며 해연은 곁에 선 원장을 힐끔 보았다.

학부모들은 이미 상황을 알고 있었던 모양이었다. 그런데 해연을 비롯해 선생님들은 아침 출근 이후에나 뒤늦게 통보를 받았다. 원장에게 중요한 사람은 선생들이 아니라는 사실은 익히 아는 바지만 씁쓸함이 목을 타고 올랐다. 그래도 몇 년 동안 한솥밥 먹은 사이인데, 미리 연락 좀 해주지 싶어서였다. 다른 선생들도 똑같은 심정인 듯했다. 하지만 그들은 내색 않고 동병상련의 마음으로 나란히 서서 아이들을 맞이했다.

누군가 한마디를 툭 던지기 전까지는 그랬다.

"그냥 선생님들 몇 분만 남아서 계속 운영하시면 안 돼요?"

사람의 말은 이따금 경이로울 정도로 큰 파급력을 지니게 된다.

학부모 중 한 명이 무심결에 내뱉은 그 말이 그랬다. 출근 이후 서로 안타까움을 나누며 심란함을 공유하던 선생들은 그 말 한마디로 순식간에 돌변했다.

이 중에 누군가 해고되면 나는 살 수 있다.

야생의 생존법칙이 그들 사이에 툭하니 튀어 오른 것이었다. 동시에 오징어 게임 저리가라 할 정도로 살벌한 경쟁의식이 선생들의 눈동자에서 터져 나왔다. 해연 또한 즉각적으로 반응했다.

"어머, 유성이 왔어?"

높게 치켜 올라간 목소리, 입꼬리에 경련이 일어날 정도로 과하게 짓는 웃음, 아이를 받아 안는 팔에 잔뜩 들어간 힘. 누가 봐도 친절하고 마음 좋은 선생님의 모습으로 그녀는 학부모에게 아이의 손을 흔들어보였다. 무조건 먼저 점수를 따야한다는 일념 때문이었다.

"어머니, 걱정 마세요. 유성이랑 잘 놀고 있을게요."

"감사합니다. 우리 유성이가 송 선생님이 제일 좋대요."

"감사합니다. 이렇게 예쁜 유성이를 맡겨주셔서요."

"호호호, 선생님. 오늘도 잘 부탁드려요."

아이를 안고 들어가며 해연은 원장을 향해 살짝 미소 지었다.

'설마하니 이런 베테랑 선생을 자르지는 않겠지.'

그녀의 등 뒤로 쏟아지는 선생들의 시선이 무척이나 따가웠다. 돌아보지 않아도 눈빛에 온갖 욕이 난무하는 것을 충분히 알 수 있었다.

그렇다 한들 어쩌겠는가. 제 밥줄이 우선인데.

문제는 점심시간이었다. 언제나 화기애애하던 점심식사 자리가 서로에게 의심과 불신, 경계를 쏘아대는 사격장이 되었다. 게다가 아이들 중간 중간에 자리 잡은 선생들은 너나할 것 없이 아이들에게 과한 친절을 베풀었다.

"아이구. 잘 먹네."

원래라면 식사습관을 키워주기 위해 아이들이 스스로 밥을 떠먹게 했었다.

하지만 오늘은 선생들이 밥을 퍼 먹여주자 아이들만 신났다. 그 와중에 어리광을 부리는 아이도 있었다. 하지만 그날은 아이들이 아무리 떼를 쓰고 신경질을 내고 장난을 쳐도 화를 내거나 혼내는 선생이 단 한 명도 없었다.

그러다보니 퇴근할 때쯤에는 모든 선생들이 녹초가 되어 흐물거렸다.

"선생님들, 정말 고마워요. 다들 이렇게 마지막까지 최선을 다하는 모습은 정말이지……."

원장이 감동의 눈물을 흘리며 말을 잇지 못하자, 해연은 선생들이 아무리 애를 써도 현실이 변하지 않음을 깨달았다. 어린이집은 보름도 채 지나지 않아 문을 닫을 거고, 해연을 비롯한 선생들은 모두 직업을 잃게 될 것이었다.

'민지 학원비 벌어야 하는데.'

겨울방학마다 학원에선 특강비를 요구했다.

아이들이 학교를 안 가니 주 3회이던 학원수업에 특강이 추가되어 주5회로 늘곤 했다. 그만큼 특강비가 추가되었고, 부모의 허리는 휘청할 수밖에 없었다. 말 그대로 허리띠를 졸라매야 하는 것이었다. 기본적으로 수학과 영어 학원 두 군데만 다녀도 월 120만 원을 잡아야 했다. 그렇다고 특강을 안 받으면 민지만 뒤처져서 수업을 못 따라갈 거라는 학원의 말을 무시할 수도 없었다.

그래서 해연은 다른 선생들의 '눈으로 욕해요'를 외면하고 하루 종일 어떻게든 원장의 눈에 들기 위해 노력한 것이었다. 민지의 학원비를 벌기 위해 영혼을 갈아 넣는 심정이었다. 그런데 아무 소용이 없었다.

이따금 그런 경우가 있었다.

정말로 잘 될 거 같은 느낌이 들었는데, 기를 쓰고 최선을 다해서 해낼 수 있을 것 같았는데, 기대한 것만큼 안 되고 노력한 것이 무산된 기분에 빠질 때가 있었다. 그 무력감은 무릎이 후들거리고 눈앞이 깜깜하게 만들었다. 동시에 '내가 왜 이러고 사나?' 하는 회의감이 생겼다. 그러면, 원래 세상은 힘들고, 비정하고, 냉혹한 거라고 스스로에게 위로하는 것조차 무의미해졌다. 그토록 부정적인 마음이 암연처럼 이성을 끌어당기며 한없이 어둠으로 빠져들게 되는 것이었다.

'액운을 태워버려야 해.'

순간, 그녀의 머릿속에 빨래통에 있는 속옷들이 떠올랐다.

그녀는 지치고 힘듦을 잊고 빠르게 집으로 걸어갔다. 머릿속에는 온통 액운이 깃든 속옷만이 가득했다. 이렇게 힘들고 괴로운 이유가 오로지 빨래통 속의 속옷 때문인 것 같았다. 그것들만 태워버리면 가슴을 답답하게 짓누르는 절망이 사라지리라는 믿음도 생겼다.

삐리리.

현관의 자동도어락이 닫히는 소리와 함께 그녀는 신발을 벗어던지고 세탁실로 달렸다. 그리고 민지가 구석에 던져놓은 쇼핑백을 펼쳐 속옷들을 집어넣었다. 민지의 방에서 빨아놓은 속옷을 쇼핑백에 넣으며 해연은 시모에게 전화를 걸었다.

"어머니. 지금 잠깐 들릴까 하는데, 어디 계세요?"

– 내가 지금 밖인데.

"그럼 현관 앞에 쇼핑백 놓고 올게요. 정월대보름이 얼마 안 남았잖아요."

시댁은 집에서 지하철로 삼십 분 거리였다.

퇴근시간이 가까워서 지하철에 사람이 많을 테지만, 그녀는 한 시라도 빨리 액운을 없애고 싶었다.

그렇게 사람들로 꽉 찬 지하철을 타고 시댁에 간 그녀는 현관문에 쇼핑백을 걸어놓고 집으로 되돌아왔다. 그게 뭐라고, 마음이 한결 편해진 듯했다.

'이래서 절을 다니나?'

사실 해연은 시부모가 다니는 절을 못미더워했었다.

이것저것 따지는 게 너무 많았기 때문이었다. 현관문 위에는 부적을 붙여야 하고, 정월에는 입던 속옷을 태워야 하고, 문지방을 밟으면 안 되고, 남편의 직장은 남쪽이어야만 한다는 둥, 불교가 맞나 싶은 구석이 한두 군데가 아니었다. 시부모를 따라 몇 번 절에 가면서 만나본 스님도 좀 이상했다. 볼 때마다 스님이 점을 봐준다고 하거나 그녀와 정대의 궁합이 어떻다는 둥 말했기 때문이었다.

그래서 민지를 낳고 나서는 애를 핑계로 절에 가자는 권유를 피해왔었다. 하지만 근래에 되는 일도 없고, 중2병 걸린 딸이 저러다 문제라도 일으킬까 걱정되고, 남편의 잦은 회식이 의심스럽게 느껴지자 자꾸 스님이 생각났다. 스님한테 물어보면 남편이 바람을 피는지 아닌지 알 수 있을까 싶어서였다.

'오늘도 또 회식이야?'

그가 원래 술을 좋아하긴 했지만, 올해 들어 유독 술에 취해 들어오는 날이 많았다.

밖에서 뭘 하고 다니는지 신경 쓰면 한도 끝도 없다 생각해서 애써 무시하려 했지만, 오늘은 그조차도 쉽지 않았다. 급기야 부정적인 생각이 그녀의 마음을 야금야금 잡아먹기 시작했다.

'진짜 바람 난 거 아냐?'

깜깜한 집에 들어가며 해연은 눈꼬리를 치켜세웠다.

이놈의 집.

딸은 학원에 있을 거고, 남편은 또 회식이고, 자신은 집을 지키며 홀로 있어야 했다. 해연은 만사가 귀찮아 대충 씻고 냉장고에서 김치를 꺼냈다. 전기밥솥에서 밥 한 공기를 퍼서 김치랑 대충 먹은 뒤 양치질을 하면서 핸드폰으로 숏폼 동영상을 시청했다.

요즘은 이만한 게 없었다.

드라마도 재미없고, 어쩔 때는 지루하기까지 했다. 그에 비해 빠르게 다른 콘텐츠로 넘어가는 숏폼 동영상은 흥미를 잃을 틈이 없었다. 그녀는 영상시청이 나름 도움이 되는 상식들을 익힐 수 있는 계기라고 생각했다. 게다가 보고 있으면 시간 가는 줄도 몰랐다.

그렇게 소파에 누워 핸드폰을 들여다보던 해연은 깜빡 잠이 들었다. 손에서 놓지 않던 핸드폰이 요란하게 울리지 않았으면 그 상태로 계속 잤을 뻔했다.

"여보세요?"

- 박정대 님 아내분 되십니까?

잠이 덜 깬 목소리로 전화를 받은 그녀는 다급한 상대의 목소리에 몸을 일으켰다.

"네. 그런데요."

- 지금 박정대 님이 교통사고를 당해서 병원으로 이송 중입니다.

그 다음 말은 제대로 들리지도 않았다.

귀에 이명이 퍼지고 눈앞이 깜깜해져서 해연은 아무 생각도 할 수 없었다. 간신히 이송병원이 어딘지 새겨듣고 그녀는 벌벌 떨리는 손으로 전화를 끊었다. 어떻게 병원으로 갔는지도 기억 못할 정도로 해연은 넋이 나갔다.

"블랙박스에 촬영된 거로는 내리막길에서 갑자기 킥보드를 탄 학생 둘이 전방에 나타났고, 박정대 님이 오른쪽으로 핸들을 틀며 가로수와 가로등에 연이어 충돌한 거로 보입니다.”

경찰의 설명에 해연은 퍼뜩 고개를 들었다.

“저희 남편이, 음주운전인가요?”

“음주 상태는 아니었던 거로 파악됩니다.”

그것만으로도 다행이었다.

그럼 이제 수술을 잘 끝내고 회복을 하면 문제가 없을 터였다. 경찰은 정대가 수술을 끝내고 나면 추가 조사가 필요하다고 한 뒤에 떠났다. 정신없이 병원으로 온 지 벌써 세 시간이 넘게 지나 있었다. 해연은 수술실 앞 보호자 대기실에서 멍하니 화면을 바라보았다. 박정대 옆에 수술중이라는 글자가 환하게 비쳤다.

그때 그녀의 핸드폰이 울렸다.

“여보세요?”

- 엄마, 아빠, 어디야?

시간을 확인하니 열두 시가 넘어있었다.

학원은 열 시에 끝나는데 민지는 이제야 집에 들어온 모양이었다. 아마 집에 있었으면 아이 머리채라도 부여잡고 화를 냈을지도 몰랐다.

- 어디냐고.

“엄마, 지금 아빠 수술중이라서 기다리고 있어.”

- 뭐? 아빠가 수술을 왜 해?

“아빠가…….”

입을 열던 해연은 복도로 달려오는 가운 입은 의사들을 보며 눈살을 찌푸렸다.

다급해 보이는 움직임, 초조한 표정, 바짝 긴장한 얼굴. 어쩐지 본능적으로 그들이 남편과 관련 있다는 것을 알 수 있었다.

“민지야. 씻고 자고 있어. 엄마가 아침에 연락할게.”

민지의 대답도 듣지 않고 전화를 끊은 그녀는 의자에서 벌떡 일어섰다.

하지만 해연이 말을 걸기도 전에 그들은 수술실 유리문 안으로 들어가 버렸다. 뭔가 이상하다는 느낌이 점점 더 강렬해졌다. 그녀가 할 수 있는 거라고는 밖에서 대기하는 것밖에 없었다.

어째서인지 액운이 깃든 속옷이 떠올랐다.

‘태워버리라고 줬는데 왜 이런 일이 생긴 거지?’

너무 늦게 시모에게 갖다 드린 걸까, 민지가 스님을 변태라고 해서 그런가, 내가 직접 태우러 절에 가야 했나 등등 별의별 생각이 머릿속에 맴돌았다. 눈이 시뻘개진 채 그녀는 수술실로 이어진 유리문만 뚫어져라 바라보았다. 그리고 새벽 다섯 시가 막 지날 무렵, 마침내 유리문이 열렸다.

“박정대 환자 보호자님.”

“네! 저요. 저예요.”

“박정대 환자님, 응급실에 도착 시 잠시 심정지 상태였지만, 다행히 안정 회복하셨고요. 수술도 잘 끝났습니다.”

“심정지요?”

“약 5초간, 심정지가 있었지만 ROSC가 돌아왔고, 수술을 진행할 수 있었습니다.”

단지 의식이 돌아오는 건 지켜봐야 한다는 소견을 들으며 해연은 뒷머리가 싸해지는 것을 느꼈다. 얼굴과 머리에서 피가 싹 사라지는 것만 같았다.

“박정대 환자님은 회복실에서 계시다가 중환자실로 이동하실 거고요.”

해연은 멍하니 고개를 끄덕일 뿐이었다.

그가 중환자실로 들어가는 걸 봐야 집에 다녀오기라도 할 수 있을 거 같았다.

새삼 남편을 향한 자신의 마음이 이렇듯 애틋했었나 싶었다. 망연한 얼굴로 대기실에 앉아 있자니 이대로 그가 의식을 되찾지 못하면 어쩌나, 앞으로 그 사람 없이 어떻게 살아야 하나 하는 생각에 막막하기만 했다. 그러다 퍼뜩 정신을 차린 그녀는 민지에게 전화를 걸어 상황을 이야기 하고 등교 잘하라고 신신당부를 했다.

“지각하지 말고, 알았지?”

그러자 맨날 같이 매섭게 곤두섰던 목소리가 아닌 울먹이는 소리가 들려왔다.

– 엄마, 진짜 아빠 괜찮은 거지?

"괜찮아. 넌 걱정 말고 학교 가. 지각하지 말고. 꼭."

– 엄마, 무슨 일 있으면 연락 줘. 아빠 깨면 연락 줘. 흑흑.

급기야 민지가 울자 해연은 덩달아 눈물을 주르륵 흘렸다.

– 아빠아… 으허엉, 아빠….

민지가 아빠를 부르며 이토록 울었던 게 얼마만인지 기억도 나지 않았다. 네 살인가, 다섯 살인가 거리에서 아빠가 손을 안 잡아줬다며 울었던 그때처럼 민지는 서럽게 울어댔다. 그 울음에 담긴 애정이 해연의 가슴을 울렸다.

"울긴 왜 울어. 그만 울고 얼른 학교 가."

해연은 연신 볼을 훔치며 애써 모질게 말했다.

간신히 전화를 끊은 그녀는 잠시 동안 멍하니 앉아 있다가 시모에게 전화를 걸었다. 이어 전화기 너머에서 통곡이 들려오고 한바탕 난리가 났다. 결국 시부가 대신 전화를 받아 해연의 설명을 들었다.

– 우리가 스님한테 들렀다 곧 가마.

이 와중에도 스님한테 들렀다온다는 시부의 말에 해연은 얌전히 '네.'라고 대답했다.

밤새 한숨도 못 자서인지, 연신 울어대서인지 머리가 무겁고 지끈거렸다. 그녀는 정대가 중환자실로 들어가자 또다시 복도의 의자에 앉아 기다렸다.

"아, 맞다. 어린이집."

그녀는 원장에게 전화를 걸어 출근이 힘들다고 알리고 나자 정신이 아득해졌다.

그리고 벽에 뒷머리를 기대고 눈을 감자 순식간에 잠에 빠져들었다. 그렇게 복도의 의자에 앉아 얼마나 세상모르고 잤는지 알 수 없었다.

"애! 정대는? 어떻게 된 거야?"

시모의 목소리가 멀리서 들리는 것만 같았다.

"정대 병실이 어디니?"

해연은 눈을 뜨고 시부모를 바라보았다.

"어… 오셨어요?"

"고생했다. 근데 정대는? 정신 차렸대?"

"잠시만요. 간호사한테 물어볼게요."

해연이 중환자실의 인터폰을 울리자 안에서 간호사의 목소리가 들려왔다.

- 네. 무슨 일이세요?

"박정대 환자, 의식 돌아왔나요?"

- 아직이요.

그러자 시모가 옆에서 대뜸 끼어들었다.

"박정대 환자 병실에 잠깐 들어가 볼 수 없나요?"

- 보호자 한 분만 면회 가능합니다.

시모는 제 가슴을 탁탁 두드리며 다급히 말했다.

"제가, 제가 들어가서 볼게요. 지금 볼 수 있나요?"

그렇게 시모가 유리문 안으로 사라지자 해연은 어쩐지 눈물이 글썽였다.

밤새 그의 수술을 지키고, 회복실에서 나오길 기다리고, 중환자실 복도에서 목이 꺾여 잠이 든 채로 내내 있었던 이유는 오직 정대를 보고픈 마음 때문이었다. 그런데 냉큼 들어가는 시모에게 선수를 빼앗기자 어쩐지 서러움이 밀려들었다.

"어멈아, 밥은 먹었냐?"

시부의 질문에 해연은 밥이 입에 들어가게 생겼냐는, 되바라진 말이 튀어나오려는 입을 꾹 닫으며 고개를 가로저었다.

잠시 후에 시모가 나오자 시부는 시모에게 달려들기라도 하듯 다급히 물었다.

"어떻게 됐어? 붙였어?"

"간호사가 안 된다는 거 사정사정해서 붙였어요."

"침대 마주 보게 붙였지?"

“문에 딱 붙였어요.”

해연은 그들 대화의 의미를 저녁 면회 때 알게 되었다. 정대의 병실 문에 흰 종이가 떡하니 붙어있던 것이었다. 정확히 침대를 마주보게 붙어있는 한지에는 알 수 없는 문양인지, 글자인지가 쓰여있었다.

“원래는 안 되는데, 할머니께서 꼭 붙여야 된다고 사정하셔서…….”

해연이 멍하니 부적을 보며 서 있자 간호사가 한숨으로 말을 흐렸다.

아무래도 스님이 병실에 부적을 붙이라고 한 모양이었다. 해연은 간호사에게 조심스럽게 고맙다고 인사를 하고 남편을 바라보았다. 심정지를 겪을 정도로 생사의 고비를 넘긴 남편은 너무나 편안해 보였다. 그냥 깊은 잠에 빠져있는 사람 같았다.

‘내가 얼마나 고생했는지도 모르고.’

툭하니 그녀의 마음 한 구석에서 원망이 튀어나왔다. 동시에 혹시라도 저의 빙퉁그러진 마음 때문에 남편이 눈을 못 뜰까 두려워 얼른 생각을 고쳤다.

‘아냐. 난 고생해도 괜찮으니까, 당신 의식만 돌아와 줘.’

하지만 정대는 수술이 끝나고 이틀이 지나도 눈을 뜨지 않았다.

그리고 3일 째 되던 날, 해연은 복도로 다급히 나오는 간호사를 보며 의자에서 벌떡 일어섰다.

"박정대 환자님, 의식 돌아오셨어요."

그 말에 정신없이 안으로 들어간 그녀는 호흡기를 뺀 채 누워있는 남편을 보고 눈물이 핑 돌았다.

그러자 정대가 힘겹게 눈을 뜨더니 입술을 달싹였다.

"응. 뭐라고?"

해연은 눈물을 글썽이며 얼른 상체를 숙여 그에게 귀를 기울였다.

사랑한다고 말을 하려나.

아니면 고생시켜서 미안하다고 하려나.

하지만 그의 입에서 갈라진 목소리로 나온 말은 그녀의 상상을 초월했다.

"부적…, 떼……."

2

교회냐, 성당이냐, 그것이 문제로다

중환자실의 맑고 깨끗한 유리문을 보며 시모는 대뜸 물었다.

"부적, 어디 갔니?"

시모는 정대의 의식이 돌아온 것보다 부적이 사라진 게 더 눈에 들어오는 모양이었다.

해연은 괜히 자신이 욕을 먹을까 봐 조용히 두 손으로 침대를 가리켰다. 그러자 눈을 게슴츠레하게 뜬 채 누워있던 정대가 텁텁하게 갈라진 목소리로 말했다.

"내가 떼라고 했어요."

"어, 어? 그랬어? 잘했어. 안 그래도 스님이 회복 빨라지는 부적으로 바꾸라고 해서……."

"붙이지 마세요."

정대의 단호한 말에 시모는 입술을 물며 눈꼬리를 내렸다.

그러자 시부가 얼른 끼어들었다.

"정대야. 네 엄마가 새벽부터 스님한테 가서 받아온……."

"부적 안 붙입니다. 그런 거 좀 받아오지 마세요. 절대 안 붙입니다. 그리고 제발 그런 사이비 절 좀 그만 가세요. 무슨 스님이 무당도 아니고, 맨날 부적을 써요?"

순간, 해연은 마흔일곱 살의 정대에게서 중2병의 증세를 보았다.

낯설지 않다. 익숙하다. 저렇게 삐딱한 말투와 흰자가 번득이는 눈, 고집과 성깔을 드러내며 씰룩이는 입술이 중2 딸 민지와 판박이였다. 서늘함이 감도는 병실에 민지의 중2병 말기의 향기가 몰큰 풍겼다. 앞으로 보나 뒤로 보나 옆돌기를 하며 보나, 정대는 민지 판박이였다.

해연이 민지의 중2병에 하소연을 하면 시모는 말하곤 했었다.

"우리 정대는 말이다. 중2병 같은 거 한 번도 없었다. 한번은 방문이 세게 닫혔는데, 얼른 나와서 바람 때문이라고 변명하더라고. 얼마나 순진하냐? 그렇게 착한 아들이 없는데, 민지는 대체 누굴 닮아서……."

해연은 그 말끝에 붙었던 '쯧'을 떠올리며 소리치고 싶었다.

'저기, 민지의 원조 유전자가 있어요!'

그때 간호사와 함께 의사가 병실로 들어오는 바람에 해연과 시부는 쫓겨났다. 보호자 한 명만 면회가 가능한데 세 명이나 들어와 있던 것에 의사가 화를 냈기 때문이었다. 그렇게 복도로 나가던 해연은 간호사 한 명이 다급히 부르자 얼른 멈춰섰다.

"박정대 보호자님."

"네."

"이제 일반병실로 옮기실 건데, 4인실 괜찮으실까요?"

"네, 네."

그러자 시부가 얼른 끼어들었다.

"병동은 방향이 어느 쪽입니까? 남쪽 병동으로 입원할 수 있나요? 창가 쪽 침대, 가능합니까? 문 쪽보다는 창가 쪽이 좋은데. 그리고……."

"그건 입원병동 간호사께 여쭤보시고요."

간호사가 쌀쌀한 어조로 답하자 시부는 더 이상 병실에 대한 요구를 하지 않았다.

어찌 보면 참 대단하다는 생각이 들었다. 이 와중에도 병실 방향이 어떻고, 창가가 어떻고 할 수 있는 시부의 정신력과 뻔뻔함에 해연은 혀를 내둘렀다. 그녀는 정대의 의식이 돌아오자 오히려 혼이 나간 것 같았다. 머리는 무겁고, 온몸이 쑤시고, 잠이 막 쏟아지기까지 했다. 아무래도 긴장이 풀리면서 피곤이 몰려오는 모양이었다.

"저는 집에 가서 입원 준비 좀 하고 올게요."

"그래. 정대는 우리가 지켜보고 있으마."

해연은 천근만근 무거운 몸을 이끌고 집으로 향했다.

한밤중에 전화를 받고 집을 뛰쳐나온 이후, 처음 현관문을 열고 들어가다가 코부터 틀어막았다.

"이게 무슨 냄새야!"

놀라서 베란다로 달려가 창문을 활짝 열고 돌아보니, 난장판이 된 거실이 눈에 들어왔다.

국물만 남은 사발면 그릇, 온갖 과자봉지는 헨젤과 그레텔의 빵 조각처럼 주방으로 이어져 있었다. 이어 식탁 위와 싱크대를 점령한 빈 그릇과 일회용기들을 보며 해연은 입을 쩍 벌렸다. 이토록 집을 초토화시킬 수 있는 것도 능력이라면 능력이었다.

"내가 못 살아."

좀 씻고 바로 병원으로 가볼까 싶었다. 게다가 시간이 좀 나면 침대에 누워 잠깐이라도 눈을 붙일 수 있을지도 모른다고 생각했던 스스로에게 조소를 날리며 그녀는 집안을 정리했다. 처음에는 화가 났다.

'사발면을 먹었으면 국물은 버리고 용기를 버리지, 그냥 놔두니. 넌 편하게 누워 과자를 먹으며 핸드폰 봤겠구나. 음식을 배달시켜 먹으며 자유를 만끽했겠구나.'

그런 생각들로 속이 부글부글 끓었다. 자신만 고생하고 마음 졸이고 괴로워한 것 같아서 민지가 원망스럽기도 했다. 하지만 사발면 용기 옆에, 과자 봉지 옆에, 배달음식이 담긴 일회용기 옆에 있는 티슈 뭉치들을 보며 해연은 멈칫했다.

울었구나.

민지는 사발면을 먹으며, 과자를 먹으며, 배달음식을 먹으며 울었던 것이었다. 그렇게 홀로 두려움과 걱정 속에서 음식을 먹으며 코를 풀고 눈물을 닦은 휴지 뭉치를 그대로 놔두고 학원에 간 것이었다.

많이 울었구나.

그 휴지 뭉치가 아이의 걱정만큼 사방팔방에 뚝뚝 떨어져 있었다. 아무리 눈을 부라리며 대들고, 다 큰 애처럼 화장을 하고 다니고, 해연은 방법도 모르는 인터넷으로 굿즈를 구매하기도 하지만, 민지는 열다섯 살 아이였다. 아빠가 대수술을 하고, 의식이 돌아오지 않는다는 소식을 들었지만 면회조차 할 수 없어서 두렵고 걱정으로 가득하지만, 엄마에게 어리광 부릴 수 없는 나이였다. 그러니 집에서 홀로 식사를 하고, 학원에 다닌 것이었다. 민지는 더 이상 어린아이가 아니니까.

해연도 민지는 홀로 괜찮을 거라고만 생각했다.

눈을 허옇게 뜨며 노려보는 애니까, 맨날 자길 내버려 두라고 하는 애니까 충분히 혼자 지낼 수 있을 거라 생각했다. 하지만 뭉쳐진 휴지를 보며 그녀는 민지가 느꼈을 두려움과 걱정, 외로움에 가슴 아팠다.

휴지 뭉치를 쓰레기 봉지에 넣으며 해연은 어깨를 들썩였다.

미안했다.

휴지에 묻어있는 민지의 불안감이 그녀를 슬프게 했다. 그토록 얄밉고 원망스럽기까지 하던 딸이었는데, 아이가 혼자 울었을 것을 생각하니 가슴이 미어지는 듯했다. 엄마란 무한한 관용의 조각이고, 가슴 시리도록 애달픈 일방적 사랑의 이름이었다. 무조건적인 너그러움의 편린이었다. 그렇기에 아무리 "딸이 원수네, 미워 죽네, 사춘기라 꼴 보기 싫네." 했더라도 해연은 민지의 엄마였다. 딸 민지가 울었다는 사실만으로도 가슴이 난도질당하는 것처럼 아픈 엄마였다.

그때 현관문 열리는 소리가 들리더니 민지의 외침이 현관에서 울렸다.

"엄마…? 엄마 왔어? 아빠는?"

"민지야…….."

해연이 저도 모르게 민지에게 달려가 꼭 끌어안았다.

아이를 보자 눈물이 하염없이 솟구쳤다. 해연이 끌어안고 울어대자 민지가 망연한 모습으로 책가방을 툭 떨어뜨렸다. 넋이 빠진 모습으로 그렇게 서 있던 민지는 갑자기 격하게 해연을 부둥켜안으며 오열하기 시작했다.

"아빠! 으허헝! 아빠! 으엉."

민지가 엉엉 소리 내어 울자 해연은 덩달아 흐느껴 울었다. 모처럼만에 모녀의 정이 느껴지는 순간이었다.

"엄마, 우리 어떡해! 아빠 없이 어떻게 살아. 으허어엉. 아빠!"

응?

"아빠 미워! 우리만 두고 죽으면 어떡해! 으어엉, 아빠! 너무 해!"

그제야 민지가 오해하고 있음을 깨달은 해연은 급히 외쳤다.

"아니야. 민지야. 아빠, 안 돌아가셨어. 아빠 의식 돌아와서 일반병실로 옮기느라, 내가 입원준비하려고 온 거야."

그녀의 말이 다 끝나기도 전에 애틋하게 끌어안았던 민지의 팔이 분노를 품고 부들부들 떨렸다. 해연은 자신을 쏘아보는 민지를 마주한 채 머쓱한 미소를 지었다. 그러자 민지가 이를 갈 듯, 짐승이 으르렁거리듯 물었다.

"그럼 왜 날 보고 울었어? 그것 땜에 괜히 오해했잖아. 쪽 팔리게!"

네가 울었던 휴지 보고 감성이 폭발해서 울었다고 하면, 민지의 눈에서 검은자가 모조리 사라질 터였다. 뭐, 이미 반쯤은 사라지고 없었다.

36

아, 쏘리.

집을 대충 정리하고 민지와 어색한 인사를 나눈 뒤 병원으로 돌아간 해연은 병실에서 실랑이를 벌리는 정대와 시부모를 보며 당황했다.

"글쎄, 안 된다고요."

"정대야. 왜 이리 고집을 부리니."

"전 교회 나갈 거니까, 신경 끄세요."

정대의 말에 시부가 펄쩍 뛰었다.

"교회는 무슨 교회야! 한 집에 다른 종교가 말이 되냐!"

"그럼 아버지도 교회 같이 가세요."

정대의 똑 부러지는 말투에 시부는 뒷덜미를 잡으며 고개를 젖혔다. 해연은 그 모습을 지켜보며 다시금 민지의 유전자는 정대로부터 이어받았음을 확신했다.

'저렇게 사람 뒤집어지게 만드는 유전자가 내 건 아니지.'

시부모는 정대의 갑작스러운 교회 선언에 입에 거품을 물 것처럼 보였다. 경기를 일으키지 않는 게 천만다행이었다. 사실 해연도 대경실색하고 있었다. 이러다가 남편 따라 교회 가게 생겼다 싶어서 시부모의 편에 서고 싶었다. 종교의 자유를 원했다. 결혼해서 억지로 절에 다녔는데 이젠 교회라니, 태생이 무교인 그녀에게는 너무 큰 시련이었다. 하지만 정대의 부리부리한 눈을 보며 그녀는 끽 소리도 못하고 은근슬쩍 시부모의 뒤에 섰다.

"정대야. 왜 갑자기 교회 타령이야?"

"생전 교회 근처도 안 가본 놈이!"

급기야 시부가 답답하다는 듯 가슴을 치며 외치자 정대는 한숨과 함께 말했다.

"아버지, 제가 사후세계를 경험한 거 같아요."

"뭐?"

해연은 등줄기에 소름이 쫙 타고 오르는 걸 느꼈다.

한여름에 듣는 괴담이나 몹시 현실적인 공포영화를 볼 때 느끼는 서늘함이 뒷덜미에 스멀스멀 기어 다니는 것 같았다. 그녀는 어깨를 부르르 떨며 허옇게 얼굴이 질린 시부모를 힐끔 보았다. 시부모도 할 말을 잃을 정도로 놀란 모양이었다.

그도 그럴 게 실제로 정대는 5초간 심정지를 겪지 않았는가.

"꿈인지 모르겠는데, 암튼 기다란 길이 있어서 사람들 따라서 가는데 사방이 온통 하얗더라고요. 근데 앞에 커다란 문이 있고, 하얀 옷을 입은 사람이 있었는데, 나보고 돌아가랬어요. 아직 올 때가 아니라고요."

"와, 소름."

해연이 저도 모르게 진저리치며 중얼거리는 것과 동시에 시모가 바닥으로 털썩 주저앉았다.

"진짜… 저승에 다녀온 거야…? 진짜 저승사자를 만났다고?"

혼이 빠진 모습으로 중얼거리는 시모에게 정대는 입술을 툭 내밀었다.

"저승사자가 아니라 천사였다고요. 날개는 없었지만, 진짜 천사 같았어요. 아니, 천사였어요."

뭐가 되었든 해연은 남편 정대를 살려준 존재에게 감사드렸다.

천사든, 저승사자든, 알라신이든 덕분에 한시름 놓았다. 그때 문득 머릿속에 떠오른 생각에 그녀는 저도 모르게 입을 열었다.

"이 병원이 기독교 병원이래요."

그녀는 제 입으로 말해놓고도 깜짝 놀랐다.

뭔가 그럴싸했기 때문이었다. 운명적인, 어쩔 수 없는, 그렇게 될 수밖에 없는 무언가에 의해 모든 일들이 유기적으로 착착 연결된 느낌이었다. 정대가 교통사고를 당하고, 기독교 병원으로 이송되고, 사후세계를 경험한 것이 모두 이어진 운명의 선상에 놓인 듯했다. 거기에는 스님의 부적이 끼어들 틈이 없었다. 오로지 성스러운 무언가, 그녀가 접하지 않았던 신성한 이끌림이 있는 것이 분명했다.

뭔지 몰라도 그녀는 그렇게 느꼈다. 그건 남편 정대도 똑같은 모양이었다.

“거봐요. 이게 뭔가 딱딱 맞잖아요. 어머니도 잘 아시잖아요.”

정대의 말에 시모는 꿀 먹은 벙어리처럼 입을 꾹 다물었다.

“그러니까 부적 붙일 생각이시면, 그냥 가세요.”

그렇게 정대의 고집에 의해 시부모는 반쯤 혼이 나간 얼굴로 병실에서 쫓겨났다.

이후 해연은 간호사로부터 병원 내에 교회가 있음을 알게 되었다. 그 사실을 알리자 정대는 휠체어를 타고서라도 교회에 가보겠다며 난리를 쳤다. 그답지 않은 모습이었다. 여태 그는 부모가 광적으로 스님에게 집착하는 걸 방관하면서, 종교에 일체 관심도 두지 않았었기 때문이었다. 하물며 사이비 종교인에 관한 뉴스를 볼 때마다 말하곤 했었다.

“하여간, 종교에 미친 것들은 답이 없어.”

그토록 정대는 신의 존재와 종교 활동에 대해 무척이나 냉소적이던 사람이었다.

그랬는데 링거 바늘을 꽂은 채 휠체어를 타고 교회에 가겠다니, 세상이 뒤집어 질 일이었다. 마침 일요일이라 주일 예배가 있다는 말을 듣고 해연은 얼떨결에 그를 태운 휠체어를 밀며 병원 안에 있다는 교회로 향했다.

그리고 교회에 들어선 지 십 분도 안 되어 그녀는 산사의 풍경

소리와 목탁소리를 떠올렸다.

시부모를 따라 절에 갔을 때 그나마 마음에 들었던 것이 조용함이었다. 고즈넉함이 느껴지는 그 분위기에 머무는 시간이 나름 괜찮았었다. 그런데 요란하고 힘차게 울리는 찬양소리, 사람들이 마구 소리치는 '할렐루야!' 속에서 해연과 정대는 멍하니 앉아 목탁소리를 그리워했다.

"정신 사나워 죽겠네. 빨리 병실로 가자."

마침내 예배가 끝나자 두 사람은 특공대가 잠입하듯 조용하고 신속하게 병실로 향했다.

그들 뒤로 "형제님! 자매님!"하는 소리가 들렸지만, 해연은 뒤도 안 돌아보고 휠체어를 밀었다. 아마 시속 50km로 달리지 않았나 싶었다. 그들에게 잡히면 끝장이라는 위기감에 몰려 그녀는 있는 힘껏 휠체어를 밀었다. 그렇게 병실로 돌아온 그들은 잠시 숨을 고르며 정신을 다잡았다.

"교회가 원래 그렇게 시끄러워……?"

침대에 누우며 정대가 중얼거리자 해연은 그를 도우며 어깨를 으쓱했다.

"나도 모르지. 정신이 하나도 없네."

"교회가 다 그렇게 시끄럽진 않겠지?"

"그걸 내가 어떻게 알아. 우리 집에서 교회에 가본 사람은 민지밖에 없는데."

그녀는 정대에게 이불을 덮어주고는 시간을 확인했다.

좀 있으면 점심 식사가 올 시간이었다.

오늘은 일요일이라서 민지는 친구랑 교회에 가서 점심을 먹고 올 터였다. 처음 민지가 친구 따라 교회 간다고 했을 때, 해연은 펄쩍펄쩍 뛰었었다. 시부모가 알면 난리 날 게 뻔했기 때문이었다. 하지만 민지는 중2였다. 해연은 무슨 수를 써도 민지를 막을 수 없었다. 그렇게 민지가 친구 따라 교회를 다니기 시작한 지 벌써 반년이 넘었다.

"민지한테 걔네 교회도 시끄러운지 물어볼까?"

"한 번 물어봐. 민지가 다니는 교회는 어디지? 사이비는 아니겠지?"

해연은 정대가 적극적으로 관심을 갖자 신기하다는 표정으로 바라봤다.

지금까지 그는 민지가 교회를 다니던, 시부모가 절에 다니던 조금도 관심을 보이지 않았다. 그런데 이렇게 종교에 적극적이라니, 눈으로 보고도 믿기지가 않았다. 그의 모든 신경이 종교에 쏠려있는 것만 같았다. 솔직히 해연은 사후세계를 경험했다는 그의 말을 믿지 않았다. 그런 게 있을 턱이 없다고 생각했다. 그가 꿈을 꾼 걸 착각하는 거라고, 아니면 독한 약 때문이거나 머리로 가는 피가 부족해서 환상을 본 거라고 믿었다.

'지금이 몇 세기인데 천사가 있어. 만화도 아니고.'

처음에 아주 잠깐 그의 말에 소름이 돋고 오싹한 기운을 느끼고, 운명적인 무언가를 생각했지만 그때뿐이었다. 그녀는 시간이 지나며 점점 정대의 말을 의심했고, 이성적인 결론을 내리게 되었다. 세상에 천사는 없다고.

그때 병실 입구에서 조심스러움이 가득 느껴지는 목소리가 들려왔다.

"실례합니다. 혹시 이 병실에 기도가 필요하신 분, 계신가요?"

그러자 기가 막히고 코가 막힐 일이 벌어졌다.

"저요!"

정대가 초등학생처럼 오른손을 번쩍 들며 외친 것이었다.

그의 아이 같은 모습에 두 명의 여성은 웃으며 병실로 들어왔다. 그리고는 정대가 누운 침대 앞에 서서 차분한 어조로 인사를 건넸다.

"안녕하세요? 저희는 천주교 신자인데요. 종교가 어떻게 되세요?"

"저희는 종교가 없어요."

"무교입니다."

해연과 정대가 동시에 답하자 두 여성이 눈을 동그랗게 떴다.

“그럼, 기도가 필요하신 이유는······.”

순식간에 정대로 향하는 두 여성의 시선에 안타까움과 동정심이 가득 들어찼다. 병원에서 종교가 없는 환자가 갑작스레 절실하게 종교를 찾는 이유는 세 가지였다. 생사를 오가는 순간에, 삶의 마지막에, 혹은 삶의 끝을 선고받았을 때에.

그렇기에 두 여성은 천진난만하게 손을 들며 ‘저요!’라고 외친 정대가 불쌍해 죽겠다는 표정을 지었다. 해연은 낮게 ‘큼, 큼’하며 그들의 오해를 풀어줄 말을 찾았다.

“그런 건 아니고요. 저희 남편이 교통사고를 당했는데······.”

그렇게 운을 떼며 모든 사정을 이야기하고 나자 두 여성은 해연의 손을 덥석 잡았다.

“성당에 한 번 나와 보세요. 조용하고 차분해서 마음이 편안해지실 거예요.”

이틀 뒤, 그들의 제안에 따라 오전 10시에 병원 내에 있는 성당으로 간 해연은 휠체어에 앉은 정대가 부러워졌다. 삼십 분 동안 수도 없이 앉았다 일어났다 했기 때문이었다. 운동을 겸비한 종교인가 싶었다.

“어우, 다리야. 108배하는 줄.”

원목성당을 나오며 해연이 투덜대자 정대가 ‘음, 뭐······.’하며 애매한 표정을 지었다.

동시에 뒤에서 "자매님!"하는 소리가 들리자 해연은 있는 힘껏 휠체어를 밀었다. 성당은 조용하긴 했지만, 앉았다 일어났다 하며 정신도 없고 뭔가 몹시 어려웠다. 사람들이 합장하듯 중얼대는 기도문도 너무 많고 순서도 복잡했다.

"난 괜찮았는데, 당신은 아니야?"

병실로 들어서며 정대가 묻자 해연은 거세게 고개를 가로저었다.

"너무 복잡해. 뭐가 뭔지도 모르겠고."

"뭐, 나름 규칙이 있던데."

"아, 몰라. 난 잘 모르겠어. 머리 아파."

해연은 정대를 침대에 눕히고 자신도 간이침대에 벌렁 누웠다.

갑자기 종교생활이라니, 현실도피로는 딱이긴 했다. 죽음 후의 세계니, 천사가 어떠니 하는, 허황된 이야기로 현실을 잊을 수는 있었다. 물론 그렇다고 현실이 변하지는 않았다.

'월급이 반만 들어오겠지? 퇴직금은 얼마나 주려나?'

그녀가 일주일째 나가지 못하고 있는 어린이집은 며칠 뒤에는 문을 닫을 터였다. 정대는 여태 그 사실을 모르고 있었다.

그동안은 그의 목숨이 오락가락했으니 말할 겨를이 없었지만, 이제는 현실을 직시해야 할 때가 도래했다. 해연에게는 죽은 다음의 세계보다는 다음 달 민지의 학원비가 더 두렵고 중요했다. 돈 문제에 있어서 종교가 해결해 줄 수 있는 건 아무 것도 없기 때문이었다. 그러니 이제는 그와 머리를 맞대고 민지의 학원비에 대해 고민을 해야만 했다.

"여보. 실은 내가 말야……."

그녀가 어렵사리 말을 꺼냈지만 그는 그녀의 말을 싹둑 자르며 물었다.

"우리 옆집, 성당 다니지 않아?"

"서현이 엄마?"

"당신이 맨날, 그 엄마는 성당에서 산다고 하지 않았어?"

해연은 아침에 출근할 때 엘리베이터에서 종종 서현 엄마를 만나곤 했다. 그때마다 성당에 간다는 말에 해연은 속으로 성당에서 서현 엄마한테 월급을 많이 주는 모양이라고 생각했었다. 그래서 언젠가 해연은 서현 엄마에게 물었다.

"성당에서 월급 얼마나 줘요?"

그 말에 서현 엄마는 잠시 무슨 소리인가 하는 얼굴로 멀뚱거리더니 소리 내어 웃었다.

"아유. 무슨 월급이요. 하하하, 민지 엄마, 너무 웃기다."

"그럼 돈도 안 받는데, 왜 매일 성당에 가요?"

그렇게 묻는 해연에게 서현 엄마가 던진 묘한 미소는 두고두고 생각나곤 했었다.

“그러게요. 돈도 안 주는데, 내가 성당에 매일 가네요.”

얼핏 들으면 무척이나 자조적인 말이었다. 하지만 묘한 미소에 걸쳐져 있는 즐거움은 다른 뜻을 보였다. 진짜로 자신도 모르겠다는 듯, 말해봤자 너는 모를 거라는 듯한 심오함이 담겨 있었다.

그래서였나보다. 그 미소가 오래도록 기억된 이유가. 정대의 말에 서현 엄마의 그 미소부터 떠오른 이유가.

3월로 접어들자 해연은 병원과 집을 오가야 했다. 민지가 등하교를 했기 때문이었다. 그토록 기대하고 고대하던 중3의 1학기가 시작된 것이다. 물론 민지에게 극적인 변화는 없었다. 하루아침에 중2병이 사라지는 기적은 결코 일어나지 않았다.

“싫다고!”

“3월인데, 스타킹을 안 신는다고?”

“검은색 말고 다른 거 신겠다니까.”

“이게 기모 들어간 거라 따뜻해서 좋아.”

“다리 두꺼워 보인다고!”

해연의 눈에는 젓가락처럼 얇기만 하건만, 민지는 제 다리가 코끼리 다리라는 둥 허벅지가 두껍다는 둥 요란을 떨어댔다. 더 들어봤자 귀만 아프다 싶어 해연은 결국 검은색 스타킹 입히는 걸 포기했다.

"오늘은 병원에서 잘 거니까 내일 아침에 늦지 말고 등교해."

해연이 급히 말하자 현관을 나서던 민지는 운동화를 신으며 툴 툴거렸다.

"알았다고. 내가 알아서 할 테니까 신경 끄라고."

그래놓고 민지는 현관문이 닫히기 전, 퉁명스럽게 인사를 던 졌다.

"다녀오겠습니다."

달칵.

현관문이 잠기는 소리가 이어지자 해연은 슬그머니 미소 지 었다. 한동안 안 하던 인사까지 하는 걸 보니 진짜로 중3이 되니까 좀 달라지는 건지도 몰랐다. 어쩌면 철이 좀 들었을 수도 있었다.

피식 웃음을 흘리며 해연은 허리케인이 쓸고 간 듯 쑥대밭이 되 어있는 거실을 초고속으로 정리했다. 냉장고 속의 쌓인 식재료로 빠르게 밑반찬을 만들어 반은 냉장고에, 반은 쇼핑백에 포장했다. 병원에서 자신이 먹을 반찬이었다.

그렇게 집을 정리해 놓고 반찬이 든 쇼핑백을 들고 집을 나선 해연은 엘리베이터 앞에 서 있는 서현 엄마가 보이자 멈칫했다.

서현 엄마는 해연보다 나이가 좀 더 들어 보였다. 하지만 서로 나이를 밝힐 정도의 친분이 있는 것은 아니었기에 서로 누구 엄마 정도로 부르고 있었다. 그냥 그 정도의 거리감을 지닌 사람이었다. 서로가 무리해서 다가가지도, 그렇다고 선을 긋지도 않는 관계였다.

"어머, 민지 엄마! 민지 아빠는 괜찮으세요?"

"네. 수술이 잘 돼서 회복 중이에요."

"다행이다. 내가 이야기 듣고 기도했잖아요."

'그래서였을까?'

정대가 천사를 만나서 돌아온 이유가 서현 엄마의 기도 덕분이었을까 싶었다.

해연은 엘리베이터 문이 열리자 서현 엄마와 나란히 타며 조심스럽게 운을 떼었다.

"근데, 내가 병원에서 성당에 가봤는데요."

"어머, 성당은 처음 가 본 거죠?"

"네."

"좀 복잡하죠? 나도 처음 성당 갔을 때 뭐가 뭔지 하나도 모르겠어서 어려웠거든요."

자신만 어려워하는 게 아니라는 사실에 해연은 어쩐지 마음이 놓였다.

"그렇긴 한데…, 민지 아빠는 괜찮았던 모양이에요."

"그래요? 그럼 내가 병문안 가볼까요?"

순간, 해연은 원목성당을 나올 때 들었던 "자매님!" 소리가 다시 들리는 듯했다. 괜히 여기서 대답을 잘못하면 영락없이 서현 엄마의 자매님이 될 것만 같았다. 이렇게 목덜미가 잡히는 느낌으로 성당에 가는 게 맞나 생각하며 그녀는 어색한 미소를 지었다.

"아뇨. 괜찮아요. 곧 퇴원할 거고……."

그 외에 거절할 핑계가 없어서 해연이 말끝을 흘리자 서현 엄마가 빙긋 웃었다.

"그럼, 퇴원하고 한번 봐요. 민지 엄마도 건강 조심하고요."

"네. 고마워요."

서현 엄마는 또다시 오묘한 미소를 지었다. 어째서인지 그 미소가 자꾸만 머릿속에 박혀서 해연은 병원으로 향하는 내내 마음이 쓰였다.

'그 미소의 의미가 뭘까?'

뭔가 삶에서 모든 것을 해탈한 듯한, 석가모니를 닮은 미소였다.

'불교랑 천주교가 비슷해서 그런가?'

그러고 보니 성당에도 불상과 비슷한 조각상이 있던 게 떠올랐다. 머릿속에서 두 종교를 통합시키며 해연은 나름 천주교에 대해 관용적인 마음을 갖기로 했다. 굳이 세 종교 중에 하나를 선택하자면 천주교가 제일 나을 것도 같았다. 반면에 정대는 천주교에 대한 호감이 많이 하락된 모양이었다.

"마리아를 믿는 종교라서 좀 찝찝한데."

"마리아? 그게 누군데?"

"예수 엄마잖아."

사실 해연은 기독교에 대한 지식이 백지에 가까웠다.

위급 시에 그냥 입버릇처럼 '엄마야, 하느님, 부처님, 예수님'을 부를 뿐이지, 그 이름들에 대한 정확한 정의조차 모르고 있었다. 그러니 예수의 엄마가 누군지 알 턱이 없었다. 학창시절에 배운 중세 종교전쟁도 뇌세포 어딘가에 처박혀 있는지 가물가물했다. 하다못해 예수는 크리스마스에 아이들에게 읽어주는 산타 할아버지 책에 이름만 언급된 인물로 인식되어 있었다. 차라리 루돌프에 대해서 더 많이 알고 있는 편이었다. 그러니 말 그대로 그녀에게 기독교란 교회 건물의 빨간 십자가일 뿐이었다.

"예수가 누군데?"

"예수를 모른다고? 영화도 안 봤어? 당신, 영화 좋아하잖아."

그의 말이 끝나기 무섭게 그녀의 뇌리에 수많은 영화들이 스쳐 지나갔다. 그 중에 예수 그리스도를 다룬 몇몇의 영화를 떠올리며 그녀는 미간으로 눈썹을 모았다.

"봤어. 십자가 지고 가는 거. 근데 그거, 그냥 영화잖아."

해연에게 예수는 슈퍼맨과 다를 바 없었다. 아이언맨, 스파이더

맨처럼 누군가 만들어 낸 캐릭터에 가까웠다. 크리스마스에 마구간에서 태어나서 막 기적을 일으키다가 십자가에 못 박혀 죽는 스토리의 주인공일 뿐이었다. 실제로 존재하는 사람이 아닌, 영화 속 가상의 인물이었다.

하물며 히어로처럼 죽었다가 다시 살아나기까지 하지 않는가! 그만큼 드라마틱한 이야기가 없었다. 사실이라고 믿기에는 너무 허황된 이야기였다.

그렇기에 그녀는 예수라는 존재에 대해 별다른 관심이 없었다. 그녀가 시큰둥한 표정을 짓자 정대는 가르침을 주는 선생처럼 엄격한 표정과 말투로 말했다.

"예수를 믿는 종교가 기독교야."

"매번 느끼는 건데, 기독교 어감 이상해."

"예수 그리스도라고 하잖아, 그리스도를 한자로 기독이라고 해서 기독교."

'그럼 개신교는 개를 믿는 종교인가?'

뭔가 말이 되는 것 같기도 하고, 아리송하기도 하고, 개소리 같기도 했다. 해연이 고개를 갸웃거리며 의심의 눈초리를 보내자 그가 뻐기는 투로 말을 덧붙였다.

"그리고 예수 그리스도의 엄마를 믿는 종교가 천주교야."

아주 잠깐, '그런가?'라는 생각이 들었지만 논리에 맞지 않았다.

“말이 안 되는데?”

“내 말이 맞아. 확실해.”

콧대를 세우며 어깨까지 편 채 잘난 체하는 정대를 흘겨보며 해연은 입술을 씰룩거렸다. 아무리 생각해도 뭔가 이상했다. 그때 그녀의 머릿속에 퍼뜩하고 의문이 떠올랐다.

“그럼 천주가 예수 엄마라는 뜻이야?”

순간 정대의 눈동자가 한파를 맞은 나뭇잎처럼 처량하게 파르르 떨렸다. 그도 답을 모르는 거였다.

‘너나 나나 종교 지식에선 도긴개긴이지.’

그 말을 듣기라도 한 듯 그는 눈을 번쩍 뜨더니 재빨리 핸드폰을 들었다. 해연도 동시에 핸드폰의 바탕화면을 밀었다. 두 사람은 천주교에 대해 검색하며 상대보다 더 많은 지식을 쌓으려 눈에 불을 켰다.

하지만 활자로 접한 천주교는 해연에게 너무 어렵고 난해했다. 아무리 뒤져봐도 이해할 수 없는 말들만 있었다. 마치 대학의 전공서적을 접한 기분이 들었다. 주님의 기도, 사도신경, 성모송, 고해성사, 칠성사, 사순, 대림 등 전문용어처럼 보이는 단어들이 너무 많았다. 그 중 뭔가 전문적인 느낌이 드는 링크를 눌러 들어가니 ‘엑클레시아(ekklesia)’라는 단어가 눈에 들어왔다.

“엑클레시아? 영어네?”

그녀가 혼잣말을 하자 정대가 코웃음 쳤다.

"똑바로 좀 읽어. 그리스어라잖아."

무슨 말만 하면 핀잔을 주는 남편이 너무 얄미웠다. 남의 편만 되어주는 정대를 보면 해연은 세상에 믿을 사람이 하나 없다는 말을 실감했다. 그래서 신을 믿는 건가 싶기도 했다. 그녀가 아무리 입을 삐죽거려도 그는 핀잔주는 걸 멈추지 않았다.

"'하느님을 흠숭하기 위해 소집된 모임'이라는 뜻이래. 찬찬히 잘 읽어 봐."

아무래도 두 사람이 같은 글을 읽고 있던 모양이었다.

표정으로 보건대 그도 읽는 글의 대부분을 이해 못하고 있는 게 분명했다. 대체 성부, 성자, 성령은 무슨 말인지, 하느님의 백성이 뭐라는 건지 도무지 이해할 수가 없었다. 성당에 다니는 사람들은 어떻게 그런 걸 다 이해하고 믿는지 신기했다.

마침내 그녀는 핸드폰을 내려놓으며 중얼거렸다.

"그래서, 천주교는 예수 엄마를 믿는 종교란 거야, 아니란 거야……."

너무 어렵다. 그냥 예수님이 이야기 속 히어로라면 훨씬 이해하기 쉬웠을 텐데.

혹은 예수님이 기적을 마구 뿌리고, 세상 좀 구하고, 악당들한테 벌주면서 현실에 존재한다면, 정말 좋을 것 같았다. 그러면 다음 달 민지 학원비 걱정도, 앞으로 부족해질 생활비를 벌기 위해 식당이라도 나가야 하나 싶은 고민도 없을 터였다.

"성당 다니면 고민거리가 없어지려나……."

혼잣말을 하던 해연은 갑자기 성당에 가고 싶어졌다. 하지만 그 마음은 시모의 외침 앞에서 맥도 못 추고 폭풍 앞의 촛불처럼 꺼졌다.

"아범아! 어멈아! 성당이 웬 말이냐! 내 눈에 흙이 들어가도 절대 안 된다!"

3

험난한 예비신자의 길

해연과 정대가 천주교 신자가 되는 데에는 두 가지의 크나큰 관문이 있었다.

"차라리 나를 밟고 가라! 성당 다니면 우리 집 망한다! 망해!"

시부모의 결사반대에도 정대는 눈도 깜박하지 않았다.

평소에 시모가 세상에 둘도 없는 효자라고 입술이 마르도록 칭찬하던 아들이었다. 그런데 시모가 눈이 헤까닥 돌아가고 입에 거품을 물 지경인데도 그는 무감한 얼굴로 말했다.

"그냥 다 같이 성당 다니시자고요."

그 말에 민지가 한을 품은 오뉴월 처녀귀신처럼 흉흉하게 눈을 치켜뜨며 외쳤다.

"싫다고! 내가 왜 성당에 가?"

그건 해연도 마찬가지였다.

나이 마흔다섯에 이렇게 억지로 종교 활동을 하게 되리라곤 꿈에도 생각 못했다. 할 수만 있다면 머리에 '결사반대'가 적힌 띠를 두르고 항의하고 싶었다. 하지만 그녀는 입도 벙긋하지 못했다.

무려 3주 만에 퇴원한 남편이었다. 아주 잠깐이었지만 그는 죽음의 문턱을 넘었었다. 동시에 해연은 5초 동안 미망인이 되었었다.

그들은 연애결혼을 했다. 그녀는 자신이 그의 첫사랑이라는 사실을 결혼하고 난 뒤에 알았다. 해연도 나름 그를 열렬히 사랑했고, 불같은 신혼도 보냈었다. 그게 그들 사랑의 전부였다. 민지를 낳은 후에 그들 사이에 남은 감정은 전우애에 가까웠다. 무남독녀 민지를 지키며 함께 험한 세상을 헤쳐 나가는 동지와 흡사했다. 그래서 사랑은 끝난 줄 알았다.

그런데 그 짧은 5초가 해연의 마음에 불을 질렀다. 남편을 향한 애정과 소중함을 다시 일깨웠다. 지금이라면 지옥까지 남편을 따라갈 의향이 있었다. 그러니 성당이 대수겠는가.

"박민지. 아빠 말 들어."

갑작스레 해연이 정대의 편을 들자 시부모, 민지, 하다못해 정대까지 깜짝 놀랐다.

"당신이 웬일이야?"

“어멈아, 너까지 왜 이러냐?”

“죽었다 살아난 사람 소원인데 들어줘야죠. 그래야 가족이잖아요.”

그녀의 말에 시부모의 입이 조개처럼 다물어졌지만, 민지는 바락바락 대들었다.

“내가 교회 다닌다고 할 때는 반대해 놓고, 왜 갑자기 성당에 가라고 하냐고! 난 안 가! 싫어!”

급기야 민지가 집이 울릴 정도로 세게 방문을 닫고 들어가자 시부모도 슬금슬금 일어섰다.

“아범이 피곤할 테니, 우린 이만 가련다.”

시모의 말이 뭐라고 서운함이 밀려왔다. 피곤함으로 치면 그동안 병원과 집을 오가며 간이침대에서 쪽잠을 잔 해연이 가장 클 터였다. 그런데도 아들만 챙기는 시부모의 말에 그녀는 새삼 울적함이 들었다. 집안에 제 편이라고는 하나도 없는 것 같아서 더 그랬다.

그때 시부모를 배웅하고 거실로 들어서던 정대가 말했다.

“당신도 피곤하지.”

정대의 그 말이 왜 그리 다정한지, 해연은 눈물이 핑 돌았다.

“고생 많았어.”

그가 어깨를 툭툭 두드리며 말하자 그녀는 괜스레 쑥스러워져

퉁명스럽게 말했다.

"고생은 무슨. 근데, 진짜로 성당 갈 거야?"

"그러려고."

"천사가 뭐라고 했기에 갑자기 종교에 미친 사람처럼 그래?"

그러자 정대가 묘한 미소를 지었다. 옆집 서현 엄마와 몹시 흡사한 표정을 마주하며 해연은 등줄기에 소름이 돋는 걸 느꼈다. 저절로 어깨가 부르르 떨렸다. 전신의 솜털이 바짝 곤두서고 머리털이 쭈뼛해지는 기분이었다.

해연과 정대가 지도 앱을 보고 찾아간 동네 성당은 빨간 십자가 대신 높게 세워진 종탑이 무척이나 인상적이었다. 단지 그뿐이었다. 성스러운 기운이 막 밀려오거나 천사의 피리소리 같은 건 없었다. 입구부터 쭈뼛거리던 해연과 달리 정대는 자연스럽게 실내로 들어가더니 모르는 사람에게 말을 걸었다.

"실례합니다. 저희가 성당은 처음 왔는데."

그때 익숙한 목소리가 들렸다.

"민지 엄마?"

이어 서현 엄마가 '성물방'이라고 쓰여 있는 곳에서 공처럼 튀어나오자 해연은 어색한 미소를 지었다. 그나마 아는 사람을 만나니 다행이다 싶으면서도 민망함이 들어서였다.

이후 해연은 뭐가 어떻게 된 건지 기억도 나지 않을 정도로 정신이 없었다.

서현 엄마가 내뱉은 '예비자'라는 말이 무슨 주문처럼 순식간에 사람들이 몰려들었기 때문이었다. 그들에게 끌려 사무실로 가서 얼떨떨한 상태로 서류를 작성하고 신부님 면담 약속을 잡고, 예비자 교리 봉사자와 인사를 한 뒤에 정신을 차리고 보니, 성물방에서 서현 엄마가 내민 커피를 손에 들고 있었다.

마치 뭔가에 홀린 것만 같았다.

'여긴 도깨비굴인가?'

혼이 쏙 빠진 채 시간이 어떻게 흘렀는지도 알 수 없었다.

그녀에 비해 정대는 성당에 10년 정도 다녔던 사람처럼 자연스러웠다.

"민지 엄마는 세례명, 뭐로 할래요?"

"세례명이 뭐예요?"

"세례 받을 때 정하는 이름인데, 보통은 생일에 맞춰서 짓곤 해요. 민지 엄마 생일이 언젠데요?"

"7월 29일이요."

서현 엄마는 핸드폰으로 검색을 하더니 활짝 웃었다.

"좋네. 마르타."

순간, 해연은 무슨 소리인가 하며 눈을 껌벅거렸다.

‘말을 타? 그게 무슨 뜻이야?’

하지만 그녀가 의미를 묻기도 전에 정대가 끼어들었다.

“저는 9월 21일인데요.”

서현 엄마는 다시금 핸드폰을 보더니 갑자기 호들갑을 떨었다.

“어머, 어머, 요나네, 요나야.”

아프리카 대륙의 부족민이 현지어를 사용해도 이보다 더 알아
듣기 쉬울 것만 같았다. 거의 외계어 수준으로 이해하기 어려운 말
에 해연은 고개만 갸웃거렸다. 정대로 어려운지 인상을 찌푸리며
되물었다.

“요나요?”

“성경 요나서에 나오는 예언자인데요. 제가 볼 땐 민지 아빠한
테 딱이네요.”

해연은 대체 뭐가 딱인 건지, 성경 요나서는 뭔지 도무지 알 수
없어 답답함을 삼키며 커피를 입에 물었다.

그러자 정대가 뒷머리를 긁적이며 조심스레 말했다.

“근데 좀 여자이름 같아서…….”

“이름 뒤에 붙여 불러보세요.”

“박정대 요나.”

그들의 이야기에 귀를 기울이던 해연은 저도 모르게 ‘푸훗’ 하
며 웃었다.

'요강'이 연상되었기 때문이었다. 괜히 웃겼다.

"민지 엄마는 이름이 뭐예요?"

"송해연이요."

"그럼 송해연 마르타라고 하면 되겠네요. 송 마르타."

"송말을 타……?"

도대체가 이게 무슨 말인지.

왜 이렇게 해맑게 말도 안 되는 말을 해대는지.

'신종 먹이기인가?'

해연은 서현 엄마가 자신을 놀리는 건지, 아닌지, 아리송해서 더 혼란스러웠다. 그러자 정대가 한 술 더 떴다.

"당신은 마르타 송. 난 요나 박."

급기야 해연은 웃음이 빵 터져버렸다.

서현 엄마가 놀리는 거든 아니든 정대의 말이 너무 웃겼기 때문이었다. 그녀는 웃음을 터뜨리며 중얼거렸다.

"말을 타송…. 아하하하…. 왜 말을 타송…? 크흐흐홋. 이게 무슨, 말을 타송?"

한 번 터진 웃음은 멈출 수 없을 정도로 단전에서부터 계속 끓어올라왔다. 그렇게 혼자 웃어대는 해연을 보며 서현 엄마와 정대는 어리둥절해했다. 해연은 한참을 웃어댄 후에야 숨을 헐떡이며 물었다.

"근데 왜 말을 타라고 하는 거예요?"

그 질문을 내뱉자 두 사람은 잠시 멍하니 그녀를 바라보았다.

그리고는 해연이 그랬듯이 둘은 동시에 웃음을 터뜨렸다. 뒤늦게 해연이 왜 그리 미친 사람처럼 웃어댔는지 이해한 것이었다. 배를 부여잡고 한참을 웃던 서현 엄마는 부들부들 떨리는 손으로 메모지에 글씨를 썼다.

'마르타.'

글자들을 눈으로 쫓던 해연은 그제야 '말을 타'가 아닌 '마르타'임을 알았다.

그러자 다시금 웃음이 터져 나왔다. 정대와 서현 엄마도 덩달아 웃어댔다. 그렇게 세 사람이 동시에 소리 내어 웃자 사람들이 성물방 입구를 기웃거리며 호기심 어린 시선을 던졌다. 마르타가 무슨 뜻인지 몰라도 그 순간, 해연은 그 이름이 무척 좋아졌다.

해연과 정대가 성당에 나가기 시작한 날부터 집안은 전쟁터가 되었다.

"싫다고! 난 성당 안 간다고!"

"고집 부리지 말고, 같이 성당 가자니까!"

"아빠나 가라고! 왜 나까지 마리아 믿으라고 하는 건데!"

고래고래 소리 지르는 민지와 정대 사이에 있던 해연은 슬그머니 끼어들었다.

"성당에서 마리아 믿는 게 아니래."

"그럼 십자가랑 마리아상은 왜 있는데? 그거 우상숭배잖아! 사이비를 내가 왜 믿냐고!"

"사이비 아니라니까!"

정대가 버럭 외치자 민지가 눈물을 글썽거렸다.

"성당은 마리아 믿는 사이비라고 했다고!"

그렇게 악을 지르고 민지가 방으로 들어가 버리자 해연은 기운이 다 빠진 듯 소파에 털썩 앉았다.

고래 싸움에 새우등 터진다는 말처럼, 소리소리 질러대던 정대와 민지는 팔팔한데 가운데 낀 해연만 기진맥진해진 것이었다. 민지가 방으로 들어가버린 게 오히려 다행이었다. 갑작스레 정적이 내려앉자 그녀는 기운 없이 어깨를 늘어뜨렸다.

"여보, 그냥 우리끼리 다니자."

"무슨 소리야. 다 같이 다녀야지."

"굳이 싫다는 애까지 성당 다니게 할 필요는 없잖아."

"아냐. 원래 한 집에 다른 종교 갖는 건 안 좋아."

그의 입에서 시부모와 똑같은 소리가 나오자 그녀는 어이가 없었다. 하마터면 저도 모르게 '이보세요. 그런 거 따지려면 그냥 절에 가세요.'라고 할 뻔했다.

여태 살면서 종교라고는 눈곱만치도 관심 없었던 만큼 그녀는 사주나 풍수, 무속신앙에 대해서도 일체 신경 안 썼다. '오늘의 운세'도 건성으로 훑어보기만 했다. 그런 게 맞으면 세상에 어려울 게 뭐가 있나 싶어서였다. 하다못해 관상에 대해서도 "내가 왕이 될 상인가?"라는 대사를 떠올릴 뿐이었다. 귀신이니 뭐니 말도 안 된다고 생각하는 터라 공포영화를 보며 비명을 지르는 것으로 끝이었다. 모든 면에서 그녀는 자신이 몹시 이성적이라고 자부하며 살아왔다. 그래서 절에 다니는 시부모가 요구하는 것들을 따르며 피곤함을 느끼곤 했었다.

북어를 걸어놓는다고 집안이 잘되면 건어물 냄새가 진동해도 집에 북어 백 개는 걸어놓겠다며 속으로 투덜대기도 했다. 그런 비과학적인 것을 왜 믿는지 이해할 수도 없었다. 그녀는 지금까지 시부모 때문에 절을 다녔듯, 지금은 남편 따라 성당에 가는 것뿐이었다. 그러니 온 가족이 성당에 가는 것보다 다음 달부터 구멍 날 생활비가 더 걱정이었다.

벌써 3월이 지나가고 있었다.

마지막으로 어린이집에 출근할 때 봤던 조경수들은 제법 많이 연녹색을 뿜어내고 있었다. 봄이라고 재잘거리는 것처럼 새싹을 펼쳤다. 아파트 단지 내 구석구석 쌓여있던 잔설도 녹아서 바닥을

축축하게 적셨다.

세상은 변함없이 봄을 맞이하고 있었다.

달라진 건 그녀의 삶이었다. 하루아침에 백수가 되었고, 남편은 허리에 복대를 하고 절룩거리며 걷고, 딸과는 종교전쟁을 치르고 있었다. 너무 치열하다. 아득바득 새싹을 내던 나무는 여린 잎을 펼치게 되었는데 그녀는 아직도 고달팠다.

"알바라도 알아볼까?"

그녀의 말에 핸드폰을 보던 정대가 시큰둥하게 답했다.

"요즘 젊은 사람 쓰지, 누가 나이 많은 사람을 알바로 써?"

"나, 아직 마흔다섯 밖에 안 됐거든?"

"은퇴할 나이고만."

사실이라는 걸 알면서도 가슴이 욱신거릴 정도로 서운하고 그가 얄미웠다. 이 나이 되어 어디 가서 취직을 할 수도 없고, 젊은 사람을 선호하는 아르바이트를 구할 수도 없을 터였다.

"음식점 서빙은 구할지도 몰라. 아니다. 요즘 새벽배송 배달일이 괜찮다던데."

"아서. 괜히 그러다 골병들어."

"그럼 민지 학원비는 어쩌라고."

"정 안 되면 내가 대리라도 뛸게."

"교통사고 나서 목숨이 왔다 갔다 했던 사람이 무슨 대리운전."

정대는 괜찮을지 몰라도 그녀는 그가 다시 운전대를 잡는 게 두려웠다.

교통사고는 그가 외부 미팅 후, 회식 장소로 이동하던 중에 일어난 것이었다. 경찰의 설명에 의하면 주행 중이던 차들 앞으로 갑자기 학생 둘이 탄 킥보드가 튀어나왔고, 차들이 줄줄이 박으며 멈춰 섰다고 했다. 그중 정대의 뒤에 있던 차의 운전자가 당황해서 브레이크 대신 가속 페달을 밟은 게 문제였다. 굉음과 함께 달려들어 충돌을 일으킨 차는 그대로 정대의 차를 밀며 앞으로 나아갔다.

그렇게 정대의 차는 앞뒤의 차량에 끼게 되었고, 다중추돌사고에서 그는 유일한 중상자가 되었다.

"그놈의 킥보드만 아니었어도."

"걔네들은 어떻게 됐는데?"

"미성년자니까 그냥 넘어가지 않을까?"

"뭐? 미성년자였어?"

"중학생이래."

그의 말에 해연은 소파에서 벌떡 일어섰다.

언젠가 민지가 말했었다.

"아, 무슨 중학생이란 말이 발작버튼이냐고! 중학생이란 말만 들으면 난리야!"

당시 '발작'이란 말이 얼마나 충격을 받았는지, 해연은 며칠

이나 식사를 제대로 못했었다. 하지만 지금은 그 말을 스스로 인정했다.

'그래. 난 중학생이란 단어에 완전 예민하고 까칠해. 무조건 발작하는 사람이야.'

그녀는 민지의 방문을 세게 두드리며 까랑까랑한 목소리로 물었다.

"박민지! 너도 킥보드 타는 거 아니지?"

"안 타!"

"절대 타지 마! 그게 얼마나 위험한데!"

"안 탄다고!"

그래도 미심쩍음을 떨쳐낼 수가 없었다. 이 기회에 단단히 일러두지 않으면 안 될 것만 같은 마음이 들었다.

"친구가 타자고 해도 절대 타면 안 돼!"

"아, 진짜! 안 탄다니까!"

"킥보드가 얼마나 위험한지 알지?"

"안다고! 제발 좀!"

그렇게 방 안에서 민지가 외치는 것과 동시에 소파에서 핸드폰을 보던 정대도 소리쳤다.

"잔소리 좀 그만 해! 시끄러워!"

순간, 해연은 눈물이 핑 도는 걸 느꼈다.

걱정 되어서, 혹시나 하는 마음에 한 말을 잔소리로 치부하는 딸이나 남편이나 다 미웠다. 저를 알아주지 않는 가족들에게 서운함과 원망이 밀려왔다. 너무나 외로웠다.

해연이 성당을 다니며 알게 된 사실이 몇 가지 있었다.

천주교는 마리아가 아닌 하느님과 삼위일체를 믿는 종교라는 것, 외워야 하는 기도문이 엄청 많다는 것, 그중에 사도신경을 외우려면 두뇌를 풀가동해야 한다는 것, 그리고 마지막으로 서현 엄마의 이름이었다.

"이정옥 안나예요."

해연은 교리를 통해 세례명이 성경에 나온 인물들이나 성인들의 이름이라는 것을 배웠다. 그러니 안나도 의미가 있는 이름이리라 생각되었다.

"안나는 누구예요?"

"마리아님 엄마예요. 그러니까, 예수님의 외할머니라고 하면 되겠네요."

문득 성경에 나오는 수많은 이름들이 떠올랐다.

'족보가 엄청난 집안이던데.'

누구의 아들, 누구의 아들 하던 게 좀 웃기기도 했었다.

"근데, 그 사람들 있잖아요. 성경에서 나오는 누구의 아들, 누구의 아들 하는 사람들이요. 그거, 진짜예요?"

결국 궁금증을 참지 못해 질문을 던지자 서현 엄마가 특유의 미소를 지었다.

"가짜 같아요?"

되묻는 서현 엄마에게 해연은 멋쩍은 웃음과 함께 답했다.

"뭔가 사실 같지가 않아서요. 삼국유사 읽는 기분이에요. 삼국유사의 이야기가 좀 허황되잖아요. 무슨 왕의 아들, 공주, 도깨비도 나오고요."

"그렇게 느낄 수도 있겠네요."

솔직히 해연은 하느님이 7일 만에 세상을 창조했다는 것도 믿기지 않았다.

우주는 아주 오래전에 빅뱅에 의해 만들어졌다고 밝혀지지 않았는가. 그래서 하느님이 지구를 창조하고, 아담과 하와를 만들었다는 이야기가 허무맹랑하게 느껴졌다. 게다가 선악과가 금지된 것이었다면 애초에 아담과 하와의 손이 닿지 않는 곳에 놔두지, 왜 뻔히 보이는 곳에 놔뒀는가 하는 삐딱한 마음도 들었다.

그런 이유로 처음으로 접한 성경은 그녀에게 그냥 옛날 신화로 느껴질 뿐이었다. 그러나 하느님을 믿고 성경을 말씀으로 받아들이고 있는 서현 엄마한테 솔직하게 말하기는 조심스러웠다.

"옛날에는 자연재해도 과학적으로 설명할 수 없었잖아요. 그러니까……."

그때 누군가 성물방으로 들어오며 말했다.

"어머, 안나네 옆집 산다는 예비자야?"

그러면서 친근하게 다가서는 여성을 보며 해연은 어색하게 인사했다.

"안녕하세요. 송해연이에요."

"나는 헬레나, 여성 총구역장. 안나랑은 원수."

그러면서 밉지 않게 흘겨보는 헬레나에게 서현 엄마는 손사래를 쳤다.

"형님, 제가 무슨 원수예요."

"내가 구역장 좀 해달라고오, 해달라고오 그렇게 사정했는데 안 해줬잖아. 그러니까 원수지."

"제가 성물방에 자모회까지 맡은 일이 몇 갠데요."

또다. 또 그들의 대화가 외계어처럼 들렸다. 뭔 소리인지 도무지 알아들을 수가 없었다. 해연은 의식이 안드로메다에서 헤매는 것처럼 그들의 말이 아련해지는 걸 느꼈다.

"예비자는 세례명 정했어?"

"네. 마르타요."

"마르타는 그럼, 성물방 배정이야?"

"네?"

"계속 성물방에 있던데."

그야 서현 엄마가 성물방에 있으니 당연한 일이었다.

해연은 현재 성당에서 엄마오리를 따라다니는 아기오리와 같았다. 뭐든지 낯설고 어렵고 어색한 이곳에서 유일하게 편안한 사람이 서현 엄마이기 때문이었다. 그러니 서현 엄마 옆에 찰싹 붙어 있을 수밖에 없었다.

"형님, 그러다 도망가요. 천천히 해요."

"그래, 그래. 그럼 자모회부터 시작해야지."

"저… 자모회가 뭔가요?"

그러자 서현 엄마가 헬레나를 문 쪽으로 밀었다.

"형님. 좀, 제가 이야기 할 테니까 그만 가세요."

"알았어, 알았어. 마르타 씨, 나중에 반장도 해. 알았지?"

해연은 어이가 없었다. 학교를 졸업한 지가 언제인데 반장이 웬 말인가.

헬레나라는 이름의 여성이 나가자 순식간에 정적이 흘렀다. 기차가 요란한 경적소리를 울리며 지나가버린 뒤, 잔잔한 봄바람만이 남은 들판 같았다.

"민지는 성당 안 다닌대요?"

"아…, 걔가 친구 따라 교회 다니고 있어서요."

절대로 성당은 안 다닐 거라고 악을 지르던 민지를 떠올리자 머리가 지끈거렸다.

"성당은 우리 부부만 다닐 거 같아요."

"혹시 모르니까 주일학교 한 번 나와 보라고 해요. 우리 서현이
도 있으니까."

서현은 민지보다 두 살 위라서 막 고2가 되었다.

옆집에 살기도 하고, 어릴 적에서 놀이터에서 함께 놀기도 해서
민지가 많이 좋아하고 따르는 편이었다. 어쩌면 서현을 따라 민지
가 성당에 나올 수도 있겠다 싶어 해연은 고개를 끄덕였다.

그 주의 일요일, 민지가 서현과 함께 청년·청소년 미사에 다녀
온 뒤에 내뱉은 말에 해연은 깜짝 놀랐다.

"엄마. 나 성당 다닐래."

"응? 진짜? 왜?"

"주일학교 쌤이 개잘생겼어."

요즘 애들 말은 정말 이상했다. 잘생겼으면 잘생긴 거지, 왜 개
를 붙이는지 이해할 수가 없었다.

"개존잘이야."

해연은 '비속어 더하기 욕 더하기 줄임말의 집합어'를 내뱉는
민지에게 잔소리가 튀어나가려는 제 입을 틀어막았다.

잘 참았다.

가정의 평화를 위해서 입을 꾹 다물어야만 한다.

"개멋있어."

민지의 접두사 '개'는 끝없이 튀어나왔다.

"개좋아."

여기서 해연이 한마디라도 했다가는 오랜만에 찾아온 평화가 어김없이 깨질 터였다.

하지만 '개'를 붙여 말하는 것 좀 그만하라는 잔소리를 하고 싶어서 그녀의 혓바닥이 입안에서 지진 난 것처럼 요동을 쳤다. 말을 내뱉으면 안 된다. 입술을 꽉 물고 있기 위해 그녀는 초인적인 인내심을 발휘했다.

"우리 딸, 성당 다닌다고?"

때맞춰 정대가 끼어들지 않았다면 부들부들 떨리는 입술을 참아대지 못했을지도 몰랐다.

"그럼 우리 딸도 세례명 지어야겠네."

"세례명?"

"엄마는 마르타, 아빠는 요나야."

"엄마가 마르타라고?"

의외로 민지는 마르타가 누구인지 아는 모양이었다. 어쩌면 교회에서 배웠을지도 몰랐다. 그러고 보면 집안에서 기독교에 대한 지식이 가장 전무한 사람은 해연이었다. 정대조차도 어디서 주워들은 게 많은지 교리 시간에 제법 잘 이해하는 듯했다. 반면에 해연은 교리 시간만 되면 정신이 아득해지는 경험을 하고 있었다. 어쩔 때는 졸다가 눈에 흰자만 남긴 채 고개가 젖혀지는 경우도 있었다. 그러니 정해진 기도문만 열심히 외우는 것밖에 할수 있는 게 없었다.

'내가 주입식 교육을 받고 자라서 그래.'

그녀는 자신의 무지를 대한민국 교육환경 탓으로 돌렸다.

그렇다 해도 교리는 너무 어려웠다.

가장 기본적인, 자신의 세례명인 마르타가 무슨 일을 하는 사람인지도 이해할 수 없었다.

그나마 성경을 읽고 나름 해석해서, 마르타는 머리보단 몸 쓰는 일을 좋아하는 사람이라고 생각했다. 그러니 예수님 앞에서 설교를 듣기보다 손님 맞이를 하며 바쁘게 움직였을 터였다.

'하긴, 나 같아도 설교 듣다 졸았을지도.'

지금도 교리 시간에 반은 졸고 있으니, 마르타는 어떤 면에서는 자신과 무척이나 닮은 것 같기도 했다. 그래서인지 그녀는 날이 갈수록 자신의 세례명이 좋아졌다.

"송해연 마르타. 어때? 폼 나지?"

"그게 뭐야?"

"성당은 세례명이 있대. 세례 받을 때 짓는 이름이래. 너는 세라피나 어때?”

미리 서현 엄마에게 물어봐서 민지의 세례명 후보를 정해놓은 게 다행이었다.

요즘 여아들이 첫영성체에서 가장 선호하는 세례명이 마침 민지의 생일과 같은 것도 운명적이었다. 물론 서현 엄마가 이름의 뜻까지 알려줬지만, 해연에게는 소 귀에 경 읽기였다. 다른 말로 우이독경. 말해봤자 소용없음이었다. 머리에 남는 게 없으니 안 들은 거로 치는 게 속 편했다.

“세라피나?”

“네 생일이 9월 29일이잖아. 서현 엄마가 그러는데, 세라피나가 그날이 축일이라나. 암튼 박민지 세라피나. 어때?”

그러자 시큰둥한 얼굴로 민지가 어깨를 으쓱했다.

“미들네임, 그런 건가?”

그러더니 소파에서 일어서며 축구공을 툭 차듯 말을 던졌다.

“뭐, 예쁘네.”

마음에 든다는 뜻이었다.

그렇게 온 가족이 성당을 다니게 되고 얼마 지나지 않아 해연은 뜻밖의 사실을 알게 되었다.

“군대에서 성당을 다녔었다고?”

정대의 고백에 해연은 배신감을 잔뜩 표출했다.

"뭐야. 그러면서 왜 한번도 안 가본 척했어?"

"몇 번, 그냥, 선임 따라서 간 게 다라서."

어쩐지 그가 기도문을 잘 외우고, 미사 참례 시에도 허둥대지 않더라 싶었다.

그녀는 아직까지도 미사 시간에 사람들을 따라서 앉았다 일어났다 하는 것만으로도 벅찼다. 어쩔 땐 허리도 숙이고, 고개도 숙이는데 왜 그러는지도 알 수 없었다. 게다가 왜 마리아한테 기도를 하는지, 어떻게 성부와 성자와 성령이 하나라는 건지, 이해할 수도 없었다. 아니, 그냥 기도문 외우는 것부터 전부 시련이고 고난이었다.

'마흔다섯 살에 암기시험을 볼 줄이야.'

도대체 자신이 성당에서 얼마나 큰 부귀영화를 누리려고 이리 고생인가 하는 심정이 들었다. 모든 것이 낯설고 어렵고 버거웠다.

그랬던 것들이 4월로 접어들자 제법 익숙해지고 조금은 자연스럽고 편해졌다. 특히 자모들과 함께 지하 주방에서 중고등부 주일학교 간식을 만드는 것이 좋았다. 민지가 주일학교에 등록하자 저절로 주방일을 시작하게 된 것이었다. 그녀의 입장에서는 기도문 외우며 앉아있는 것보다는 훨씬 마음이 편안했다.

'난 역시 마리아가 아니라 마르타가 맞나 봐.'

그녀는 성당에서 자신의 새로운 적성, 설거지를 찾아내었다. 지금까지 자신의 손이 이토록 빨랐던가 싶을 정도로 그녀는 수북하게 쌓인 설거지를 순식간에 끝냈다. 주방 분위기도 좋았다. 자모들과는 몇 번 인사만 나눈 게 다였지만, 서현 엄마가 있어서 낙동강 오리알이 되지는 않았다.

해연이 주방에 들어가자마자 고무장갑부터 착용하니 몇 번 인사를 나눴던 데레사가 말을 걸었다.

"어머, 마르타 자매님. 오늘도 설거지하시게요?"

"할 줄 아는 게 설거지밖에 없어서요."

"오늘은 어묵국 끓여서 일회용기에 담아준다니까, 설거지 없을 거예요."

어묵국이라는 말에 해연은 눈을 번쩍하고 빛냈다. 그녀가 가장 자신 있어 하는 요리이기 때문이었다. 민지조차 해연의 어묵국 앞에서는 순한 양이 될 정도였다. 그녀의 어묵국을 맛본 사람들은 장사하면 성공하겠다며 극찬을 하곤 했었다.

이건 기회다. 민지의 중2병까지 제압하는 어묵국을 학생들에게 맛보일 수 있는 역사적인 순간이었다.

"제가 어묵……."

"거기! 육수 물 좀 받아줘요!"

누군가의 명령에 해연은 허둥대며 큰 냄비를 꺼냈다.

"이거면 될까요?"

“거기에 물 반만 담아서 끓이고, 멸치 다시마 어디 있지? 어, 아냐, 아냐. 테메! 어묵 데쳐야 해.”

혜성처럼 나타난 자모는 이것저것 지시하며 주방을 누볐다.

신기한 게 주방에 있던 자모들이 끽소리 하나 못 내고 그녀의 명령에 따른다는 점이었다. 해연조차도 얼떨결에 냄비에 물을 받아 낑낑대며 들어올렸다. 그러자 서현 엄마가 급히 냄비를 불에 올리는 걸 도왔다. 서현 엄마는 해연이 힐끔거리자 조용히 속삭였다.

“세실리아 언니인데, 자모회 총무세요.”

“아…….”

그러자 세실리아가 갑자기 알은 체를 했다.

“어머. 자기가 마르타구나?”

“안녕하세요?”

“잘 왔어요. 어, 엘리사벳! 양파는 통으로 넣어서 단물만 빼자.”

세실리아의 등장으로 인해 성당 지하의 주방은 일류 호텔 조리실로 바뀐 듯했다.

수석요리사의 말에 보조들이 군말 없이 따르듯 세실리아의 진두지휘에 맞춰 커다란 냄비에 MSG가 가득 들어간 육수가 만들어지기 시작했다. 세실리아의 손에 든 국자가 허공을 헤집을 때마다 해연은 ‘나를 따르라!’라는 환청이 들리는 것만 같았다. 그건 자모들도 마찬가지인지 뭔가에 홀린 사람들처럼 세실리아의 명령에 군말 없이 따랐다.

하지만 메뉴가 무려 어묵국이었다. 게다가 해연은 학생들에게 먹일 어묵국에 MSG가 들어가는 건 결사 반대였다.

"아니, 그냥 무랑 다시마랑 멸치 액젓으로 육수를 내면……."

해연이 비장의 레시피까지 공개하며 말렸지만, 세실리아는 꿈적도 안 했다.

"시간도 없는데 언제 그렇게 육수를 내. 그냥 이게 빠르고 좋아. 여기에 양파만 통으로 넣으면 달달하니 괜찮아."

"아니, 그렇게 오래 끓이지 않아도……."

"그래? 아, 맞다. 후추 좀 꺼내줘."

"후추요?"

설거지만 하던 해연이 후추가 어디 있는지 알 턱이 없었다. 그러자 세실리아가 자모들 쪽으로 휙하고 고개를 돌리며 큰 소리로 물었다.

"테메, 후추 못 봤어?"

"아래에 있을 걸요."

세실리아는 조리대 아래의 서랍을 뒤적거렸다. 그 행동이 어딘지 모르게 해연의 감정을 건드렸다.

마치 너는 후추가 어디 있는지도 모르는 초짜니까 나설 생각 말라는 듯해서였다. 순간, 기분이 나빠진 해연은 그대로 뒤로 물러섰다. 성당에서 이토록 불쾌한 느낌이 들긴 처음이었다. 기분이 상한 만큼 당황스럽기도 했다. 동시에 '네가 만든 어묵국이 얼마나 맛있는지 보자.'라는 심보가 생겼다.

그렇게 해연이 물러서서 아무런 말없이 있자 세실리아는 괜히 부산스럽게 움직였다. 조금은 어색하고 어딘지 미안한 눈치도 보였다. 세실리아도 자신의 행동이 상대에게 어떻게 비칠지, 아는 것이었다. 그게 아니더라도 해연이 얼마나 마음 상했는지 눈치채고도 남았다.

그래서인지 세실리아는 한 풀 꺾인 목소리로 뜯지 않은 후추봉지를 꺼내들며 말했다.

"저번에 쓰던 건 다 먹었나 보네."

그러자 엘리사벳이 급히 가위를 뽑아들었다.

"여기 가위……."

"뭘 가위까지. 그냥 이렇게."

세실리아는 후추봉지를 꺼내더니 봉지입구를 있는 힘껏 양쪽으로 잡아당겼다.

부욱!

"잠깐! 그러면……!"

파하아아아앗!

눈 깜짝 할 새에 벌어진 일이었다.

영화 웰컴 투 동막골의 한 장면처럼 터진 봉지 입구에서부터 후추가 사람들 머리 위로 흩어졌다. 해연은 제 앞으로 날아오는 후추를 피해 고개 돌리며 눈을 질끈 감았다. 그렇게 허공에 뿌려진 후추가 사방으로 나풀나풀 날아서 사람들의 머리 위로 내려앉았다. 이어 해연을 비롯한 모든 사람들이 동시에 재채기를 해댔다.

"엣취!"

"으에치!"

"에에에에치!"

너무 매웠다.

눈물과 콧물이 줄줄 흐르고 숨을 쉬기도 힘들었다. 몇몇 자모들은 화생방 훈련을 받는 사람들처럼 괴성을 지르며 주방에서 달려 나갔다. 그들의 뒤로 부스스 날리며 떨어지는 후추가 꽃잎처럼 사방으로 날렸다.

해연도 허겁지겁 싱크대에 물을 틀어 얼굴을 닦아내었다. 그러자 모이통으로 모이는 닭들처럼 자모들이 싱크대에 얼굴을 박아댔다. 그때 해연은 앞치마의 주머니에 넣어놓은 핸드폰의 진동을 느끼고 뒤로 물러났다. 대충 닦아냈지만 손이고 핸드폰이고 계속 후추가 묻어 나오자 그녀는 앞치마를 벗었다.

눈물이 계속 흘렀지만 뭔가로 닦기가 무서웠다.

그녀는 화장실로 향하며 핸드폰 메시지를 확인했다.

<어멈아. 당장나좀보자.>

드디어 올 게 온 것이었다.

해연은 시모의 호출을 확인하고 눈물 콧물을 흘리며 화장실로 달려 들어갔다.

아, 더럽게 서럽다.

성당도 사람 사는 데

해연이 지나가는 곳마다 연신 재채기가 터졌다.

지하철과 거리를 걸어가며 그녀는 몇 번이고 코를 풀고 눈물을 닦아야 했다. 지나는 사람들이 힐끔거렸지만, 그녀에게서 풍기는 후추냄새에 재채기를 하며 이내 멀어졌다.

그녀가 시댁에 도착하자 달려들던 시모조차 재채기를 해댔다.

"어멈아, 민지까지 성당에… 에취! 에취! 아니, 이게 무슨, 에취!"

해연은 멋쩍은 미소를 지으며 욕실로 향했다.

"어머니, 잠시 씻고 나올게요."

집에 들렀다 올 틈이라도 줬으면 옷이라도 갈아입었을 터였다. 하지만 당장 오라고 엄포를 놓는 시모의 메시지에 해연은 후추를 뒤집어 쓴 채 달려왔던 것이다. 욕실에서 옷을 벗어 욕조에 대고 툴툴 털자 까만 가루가 하얀 욕조에 떨어졌다.

그녀가 나올 때 성당 주방은 말 그대로 아비규환이었다. 세실리아는 울며 사람들에게 미안하다고 해댔고, 자모들은 눈물 콧물을 주체 못해 대답도 못했다.

그토록 엉망진창인 곳에서 빠져나오며 해연은 역시 성당 다니는 사람들은 다르다고 생각했다.

일이 그 지경이 되었으니, 누군가는 세실리아를 탓하고 질책할 법도 했다. 그러나 자모들 중 단 한 명도 세실리아에게 싫은 소리를 내뱉는 사람이 없었다. 울며 주방을 뛰쳐나갔던 사람들도 진정된 후에 돌아와서는 후추를 제일 많이 뒤집어 쓴 세실리아를 걱정했다.

그러면서 그들은 미사 후에 아이들에게 줄 간식에 대해 의견을 주고받았다. 주방이 후추로 뒤덮였으니 어묵국을 만들기 쉽지 않기 때문이었다.

"우선 바닥은 물로 씻어내고, 어묵국부터 끓이는 건 어떨까요?"

선택과 집중.

그들에게 가장 중요한 건 아이들에게 줄 어묵국이었고, 세실리아의 실수 따위는 신경 쓸 가치조차 없다는 듯이 보였다. 해연은 그들의 모습에서 영화 속 대사 '뭣이 중한디.'를 떠올렸다. 그들에게는 남을 비난하거나, 비판하고, 흉을 보는 게 중요하지 않은 것이었다.

문득 교리 시간에 봉사자가 했던 말이 떠올랐다.

"하느님을 믿는다는 건, 그분을 향해 온 신경을 쏟는 것과 같아요. 뭐든 그분이 최우선인 거죠. 그 외의 것은 신경 쓸 가치조차 없게 되는 게, 믿음이랍니다. 내 마음이 하느님으로 가득 차 있으면 다른 것에 쓸 마음이 없죠."

그 말에 의하면 해연은 오늘, 믿음의 모습을 두 눈으로 목격했다. 오로지 아이들을 위한 간식 외에 아무것도 신경 쓰지 않는 모습이, 해연이 교리시간에 배운 믿음의 모습 같았다. 그러니 자모들에게는 세실리아의 실수는 마음에 들어오지도 않았던 모양이었다. 어쩌면 그들 마음은 이미 하느님으로 가득 차 있는 건지도 몰랐다.

"어떻게 그럴 수 있지?"

해연은 머리까지 털고 다시 세수를 하며 다시금 자모들을 생각했다. 아무리 곱씹어도 그 상황에서 원성이 조금도 터져 나오지 않은 게 너무 신기했다.

만약 그녀가 자모회에 막 들어온 신입이 아니었더라면, 한마디라도 했을 게 분명했다. 하다못해 그걸 그렇게 뜯는 사람이 어디 있냐고 투덜대기라도 했을 터였다. 더 나아가 의기양양하게 주방을 진두지휘하던 사람이 그런 기초적인 일부터 실수를 하냐며 빈정거렸을 수도 있었다. 해연은 세실리아가 나서서 명령하고 제멋대로 주방을 휘두르는 게 내심 눈꼴 시렸기 때문이었다. 그러니 속에서 똬리를 틀고 있던 그 마음은 세실리아의 실수 앞에서 가차 없이 튀어나왔을 거였다. 해연이 살아온 삶에서는, 특히 사회생활에서는 그게 당연했으니까.

밝고 아름다운 교육현장이어야 했던 어린이집에서도 누군가의 실수를 덮어주는 건 쉽지 않았다. 타인의 실수 앞에선 훈계랍시고 콕 집어서 지적을 하거나, 조언을 빙자한 잘난 체가 꼭 뒤따랐다. 그게 당연했었다.

그런데 오늘, 해연은 누군가의 실수나 잘못 앞에서 눈감아주고 모른 척해주는 마음을 배웠다.

"성인들만 모였나."

뭐가 되었든 무척이나 껄끄러워졌다. 그들이 대단해 보이는 만큼 자신이 초라해지는 것 같아서였다. 부럽기도 하고 존경스럽기도 하지만, 그들로 인해 자신의 부족함이 너무 커보였다.

옷을 챙겨 입고 샤워기의 물로 바닥을 훑어낸 후 그녀는 욕실을 나섰다.

“어멈아. 성당 그만 다녀라.”

욕실 밖으로 발을 내딛자마자 날아오는 시모의 명령에 해연은 깜짝 놀랐다.

“네?”

“우리 집은 절대 성당이나 교회를 다니면 안 돼.”

“어머니. 그런 법이 어디 있어요.”

웃으며 슬쩍 넘어가려던 해연은 시모가 바닥으로 털썩 주저앉자 화들짝 놀랐다.

“어머니!”

“안 된다, 안 돼. 우리 정대가 죽어. 죽는다고.”

시모는 바닥을 손바닥으로 쳐대며 통곡까지 했다.

“아이고, 아이고, 우리 정대 어쩌라고. 아이고.”

“어머니, 왜 이러세요.”

“우리 집은 교회 다니면 벌 받는다고.”

“무슨 벌이요?”

“조상을 제대로 모시지 못한 벌.”

해연의 시집은 그 뿌리가 평안도였다.

과거엔 무척이나 잘 나가는 양반집이었다고 했다. 그런데 남북전쟁 때 시조모는 가족 일부를 데리고 남한으로 피신을 왔다고 한다. 그때 북에 남은 사람이 시조부였다. 남편과 생이별을 한 조모는 두 딸과 뱃속의 아이를 데리고 남한에서 터를 잡아야 했다. 결국 전쟁이 끝나고 남북이 갈리게 되자 북에 남은 시조부의 소식은 알 수 없게 되었다. 그러니 제대로 모시지 못한 조상은 시조부일 터였다.

'그런데 시조부와 교회가 무슨 연관이 있다고?'

해연의 이성적 논리로는 전혀 답을 낼 수 없는 문제였다.

'시조부가 교회랑 원수 될 일이 있었나.'

그 외에는 이유가 없었다.

"할아버님께서 교회를 싫어하셨어요?"

"아니, 그런 게 아냐. 우린 절대 십자가 근처에 가면 안 돼."

와, 답답하다.

해연은 이런 비논리적인 우기기에 무척이나 약했다. 정확하게는 몹시 피로감을 느꼈다. 그렇기에 중2병인 민지의 우기기에도 그냥 입을 꾹 닫고 피하기를 했던 것이었다. 그래서 시모의 주장을 무시하려 했다.

"우리도 예전엔 성당에 다녔었어."

"네?"

그냥 조용히 자리를 벗어나려 했던 해연은 저도 모르게 시모에게 질문을 던졌다.

"언제요?"

"정대가 초등학생 때, 나도 성당에 다녔었어."

역시나 정대는 천주교에 대한 기본바탕이 있었던 것이었다. 고조부까지 거슬러 올라가도 종교와 거리가 먼 집안이었던 해연과 달리 정대는 은근슬쩍 천주교와 인연이 깊었다. 군대에서도 성당에 몇 번 갔었다고 한 걸 보면 그가 천사를 만난 게 아주 뜬금없진 않아 보였다.

"그런데 정대가 죽을 뻔했지 뭐니. 횡단보도 앞에서 갑자기 앞으로 넘어진 거야."

"진짜요?"

"얼마나 놀랐는지, 말도 마라. 그랬는데, 마침 지나던 주지스님이 정대를 구해줘서 천만다행이었지."

역시나 해연에게는 그런 우연과 기적적인 일들이 현실로 다가오지 않았다. 그녀는 애써 억지웃음을 흘렸다.

"하하, 그랬군요. 다행이네요."

"그때 스님이 우리 집은 십자가 근처를 피해야 한다고 했어. 정대가 갑자기 교통사고 난 것도 십자가 때문이겠지."

해연은 눈가가 바르르 경련을 일으키자 검지로 관자놀이를 꾹 눌렀다. 느릿하게 끌리는 시모의 말투를 따라 해연의 등줄기로 벌레가 기어오르는 듯했다.

"십자가를 멀리 해서 여태 잘 살았는데, 이게 웬일이니. 성당이라니 이러다 정대가 진짜 죽으면……."

해연의 피부를 얕게 타고 오르는 소름은 뒷덜미를 싸하게 만들며 손가락이 파르르 떨리게 했다. 정대가 천사를 봤다고 했을 때조차 이토록 오금이 저리지 않았었다. 살면서 이토록 살 떨리는 기분은 느껴본 적이 없었다.

'설마 민지가 교회 다녀서 교통사고를 당한 건가?'

해연은 원래부터가 미신이나 무속에 관심이 없을뿐더러 믿지도 않았다. 그렇지만 어째서인지 시모의 말에 혹하는 마음이 들었다.

"어멈아. 절대 성당 다니지 마라."

시모의 낮게 떨리는 작은 목소리가 이상하리만치 해연의 귀에 쏙 들어왔다. 마음 한 구석에서는 이미 다니기 시작했으니 어쩔 수 없다는 말이 맴돌았지만, 그녀는 입도 벙긋하지 못했다.

해연이 집에 돌아가 시모의 명령을 전하자 정대와 민지가 길길이 날뛰었다.

"십자가를 가까이 하지 말라니, 그게 무슨 헛소리야?"

"뭐래! 나한테도 종교의 자유는 있거든? 할머니 왜 그래? 독재야? 왜 내 종교를 간섭해?"

산책하다 고양이를 만난 애완견들처럼 이를 드러내며 으르렁대는 두 사람에게 해연은 양손을 들어보였다.

"워, 워. 진정, 진정."

"하여간 우리 어머니, 그런 미신 좀 믿지 말라니까."

정대의 말에 해연은 눈을 흘겼다.

'당신이 언제 그랬어? 그냥 방관했잖아.'

그가 한 번이라도 시부모에게 그런 말을 하며 반항했다면, 해연이 15년 넘게 정월마다 입던 속옷을 갖다 바치지 않아도 되었다. 냄새 나는 북어를 매달아 놓지도 않고, 현관 앞 거울을 없애버리지도 않았을 거다.

사실 그녀는 현관 앞에 있는 거울이 무척이나 마음에 들었었다. 출근하거나 외출할 때 옷매무새를 점검하기에 딱 좋았기 때문이었다. 하지만 처음 이 집에 발을 들인 시모는 대뜸 명령했다.

"현관의 거울 없애라."

집 대문 안에 반짝이는 것이 있으면 남편이 바람난다는 풍수지리 때문이었다.

'남편의 바람'이라는 말에 해연은 즉각 반응했다. 인테리어 시공업체를 불러 거울을 떼어버리고 미장한 다음 깔끔하게 페인트칠을 해버린 것이었다. 현관에 거울이 있다고 남편이 바람나겠느냐만, 찜찜함을 남길 필요는 없다고 생각했다.

'그때 거울도 괜히 뗐어.'

그렇지만 다시 그때로 돌아간다고 해도 거울을 떼어버릴 것 같았다. 오늘만 해도 시모의 말에 혹해서 정대와 민지에게 성당을 그만 가는 게 어떠냐고 넌지시 제안하지 않았는가.

생각해보니 이상했다. 그녀는 원래 미신 따위는 일체 믿지 않는다고 자부해왔다. 그런데 결혼 후에 시부모의 말에 이것저것 은근슬쩍 따르고 있었다. 괜히 시부모와 대립해서 좋을 거 없으니 그랬다고 스스로에게 변명했지만, 어쩌면 자신도 모르게 그런 말들에 혹했던 건 아닌가 싶었다.

사람의 마음이 얼마나 간사한지 스스로를 돌이켜보니 충분히 알 것 같았다.

이래서 소크라테스는 말했나 보다.

너 자신을 알라.

아무튼 차분히 생각해 보니 성당을 다니는 문제는 시부모의 결정이 아닌, 정대와 민지 그리고 자신이 결정을 내려야 할 일이었다. 종교 활동, 특히나 믿음에 관한 건 남이 간섭할 일이 아니기 때문이었다. 어떻게 보면 '십자가를 멀리 하라.'는 말은 '현관 앞에 반짝이는 것이 있으면 남편이 바람난다.'는 것과 같았다. 과학적 근거도 없고 논리적이지도 않았다. 사업을 할 때 고사 지내며 돼지 머리에 지폐를 꽂는 것과 조금도 다르지 않았다.

"민지는 성당에 계속 다니고 싶은 거지?"

"그렇다니까. 내가 미카엘 쌤 보는 낙으로 일주일을 사는데."

어떻게 보면 절대 성당을 안 다니겠다고 하던 민지의 마음이 오히려 굳건했다.

"아빠가 죽을 수도 있다는데?"

"누가? 할머니가? 아, 미신 좀 그만 믿으라고 해. 요즘 세상에 그딴 미신 믿는 사람이 얼마나 있다고."

민지의 짜증 가득한 말에 정대가 대뜸 끼어들었다.

"그래. 어머니한테 이제 미신 좀 그만 믿으시라고 해. 내가 분명히 천사 보고 왔다니까. 사대천왕도 염라대왕도 아니고, 천사라고."

해연은 삼백안으로 보일 정도로 치켜뜬 눈으로 정대를 노려봤다.

"당신이 어머니한테 직접 말해. 왜 나한테 미뤄?"

"어머니가 내 말을 들으실 분이야?"

이래서 남의 편이라고 하는 건가. 맨날 내 편이 되어줘야 할 때마다 은근슬쩍 발을 빼는 남편을 둔 탓에 그녀는 지금까지 시댁 눈치를 봐왔다. 하물며 이럴 때는 자신이 나서서 집안을 대표해 시댁에 이야기를 해야 할 것이 아닌가. 어떻게 힘없는 며느리인 자신에게 떠넘길 수가 있는가. 한두 번도 아니고 매번 이렇게 시댁 일은 해연에게 떠넘기는 남편이 원망스럽고 미울 수밖에 없었다.

그때 세상에 무서울 것 하나 없는 대한민국 중학생 민지가 나섰다.

"됐어. 내가 말할게."

강압적인 시부모에 대적할 수 있는 사람은 민지밖에 없었다. 그렇지만 애가 버릇없이 어른에게 대드는 걸 시킬 수 없는 노릇이었다. 해연은 정대의 옆구리를 꾹 찔렀다.

"당신이 죽는다고 그 난리이신 거잖아. 당신이 말씀드려."

그는 뒷머리를 긁으며 짜증 난 표정을 지었다.

"그 스님, 진짜 이상하다니까. 무슨 십자가를 가까이 하면 내가 죽는다는 소릴 해대서. 무당이야, 뭐야?"

해연의 눈에도 스님보다는 무속인에 더 가까워보였다. 민지도 같은 생각인 모양이었다.

"그치? 내가 봐도 그 스님이 사이비야."

이 분위기를 몰아야 한다.

해연은 얼른 정대에게 책임을 뒤집어 씌웠다.

"그러니까 당신이 어머니께 말씀드려. 당신 교통사고도 십자가가 가까이 있어서라잖아."

그러자 민지가 얼굴을 일그러뜨렸다.

"그럼 뭐야? 내가 교회 다녀서 아빠가 교통사고 났다는 거야?"

"무슨, 그런 말을 해."

해연이 얼른 달랬지만 민지는 눈물을 글썽였다.

"그렇잖아. 아빠가 죽을 뻔한 게 나 때문이라는 거잖아. 아냐?"

"아냐. 그런 게 어디 있어. 민지야. 너 때문이 아냐."

"그래. 킥보드 때문이지."

"어휴, 정말 요즘 킥보드 문제야. 왜 애들도 타게 만들어서."

킥보드로 탓을 몰아가며 해연은 연신 정대의 옆구리를 팔꿈치로 찔렀다. 그러자 정대가 억지로 쥐어짜듯 말했다.

"암튼 아빠가 할머니한테 말씀드릴 거니까, 넌 신경 쓰지 마."

이로써 다시 집안의 평화가 찾아왔다.

해연이 백수가 된 이후, 생활 패턴이 완전히 바뀌었다. 교통사고 부상 때문에 정대가 세 달의 유급휴가를 얻은 탓에 더 그랬다.

'신혼 때도 이렇게 붙어있지 않았는데.'

아침에 민지를 등교시키고 나면 자연스럽게 정대와 함께 성당으로 가는 게 일상이 된 것이었다. 함께 평일미사를 드리고 성물방에서 믹스커피 한 잔 얻어 마시고, 여기저기 단체 가입을 권유받고, 사람들과 어울려 점심을 먹고 나면 오후가 되었다.

분명 바뀐 생활로 인해 정신 없었던 때가 분명 있었다. 성당에 익숙해지고, 교리를 공부하고, 기도문을 외우기에 급급했었다.

그래서 평일미사를 다니다 보니 주기도문과 사도신경이 저절로 외워져서 속으로 쾌재를 부르기도 했다. 하지만 기도문을 다 외우고 나자 그녀는 성당에 가는 의미를 잃었다. 마치 퇴직을 앞둔 중장년 회사원처럼 의무적으로 매일 아침 성당에 가는 나날이 이어졌다.

"당신은 왜 아침마다 성당에 가?"

그녀의 질문에 정대는 어깨를 으쓱했다.

"그냥. 어차피 집에서 할 일도 없고, 출근도 안 하는데 낮에 갈 데도 없잖아. 성당에 가면 사람들도 만나고, 좀 더 익숙해지고, 좋잖아."

"난 그냥 그런데."

정대는 6월부터는 다시 출근을 할 예정이었다.

반면에 해연은 언제 취직을 할지, 어떤 일을 하게 될지 정해진 게 없었다. 그래서 4월 첫 주가 지나자 그녀는 마음이 복잡해졌다. 착잡한 표정을 짓는 그녀에게 정대는 특유의 무심한 어조로 제안했다.

"당신도 수녀님이랑 면담 좀 해 봐. 난 신부님이랑 면담하고 나니까 좋더라고."

"난 좀……."

이따금 신부님과 수녀님이 말을 걸긴 했지만, 해연은 어째서인지 그들을 대하는 게 무척이나 어려웠다.

천주교에 대한 지식이 거의 전무하다시피 하니, 혹시나 자신이 말실수를 할까 걱정되어서였다. 그래서 그녀는 저도 모르게 사제와 수녀님이 보이면 슬그머니 자리를 피하곤 했다.

사람들이 자꾸만 단체 가입이나 봉사 활동, 동아리 활동을 권유하는 것도 그녀에게는 부담이었다. 아직 뭐가 뭔지도 잘 모르는데 어딘가 소속되어 의무적으로 성당을 다닌다는 게 겁이 나기도 했다. 그녀에게는 서현 엄마가 있는 성물방이 가장 편한 곳이었다.

"커피 줄까요?"

아침 미사를 드리고 성물방으로 들어가면, 으레 커피 타임이 이어졌다. 성물방에 있는 성물들을 구경하는 재미도 있었다.

"근데 왜 마리아상한테 기도를 해요?"

정대도 천주교는 마리아를 믿는 종교라고 오해했던 기억을 떠올리며 해연이 묻자 서현 엄마가 커피를 내밀며 웃었다.

"마리아상한테 기도를 하는 게 아니라, 청원을 하는 거예요."

그 차이가 무엇인지 쉽게 이해되지 않았다. 해연이 고개를 기울이자 서현 엄마가 친절하게 설명을 덧붙였다.

"기도는 하느님과 예수님께 드리는 거고요."

"그럼 묵주기도는 마리아님께 드리는 게 아니에요?"

"묵주기도는 일종의 뇌물이에요. 하느님께 잘 전구해달라는 의미로 바치는 기도죠."

"그럼 성모송은 기도문이 아닌가요?"

주요 기도문을 외우면서 항상 궁금했던 점이었다.

해연의 질문에 서현 엄마는 오묘한 미소를 지었다. 때맞춰 서현 엄마의 뒤에 있던 작은 창에서 햇빛이 밀려와 마치 후광이 비치는 것만 같았다. 그토록 성스러운 기운을 펼치며 서현 엄마는 질문을 던졌다.

"성모송의 시작이 무엇이지요?"

"은총이 가득하신 마리아님, 기뻐하소서."

"그 말은 마리아님께 천사 가브리엘이 예수님의 잉태를 알리러 나타났을 때 한 말이에요."

해연도 아는 부분이었다.

영화 등으로 접한 예수님의 생애가 낯설지 않아 마치 소설 읽듯 성경을 읽은 부분이기도 했다. 확실히 구약성경보다 신약성경이 이해하기 쉽고 공감되는 부분이 많았다. 게다가 크리스마스와 연관이 있어서 가브리엘 천사가 나타난 부분은 특별히 기억되었다.

"맞다. 그렇네요. 가브리엘이 한 말이네요."

"천사의 말에는 강력한 힘이 있다고 해요. 근데 사실 성경에 나오는 천사의 말은 몇 개 없어요."

천사의 말에 강력한 힘이 있다니, 뭔가 그럴싸했다. 아니, 웅장

한 무언가가 느껴졌다. 괜스레 가슴이 뛰고 설렘이 느껴졌다.

"그중 예수님의 잉태 소식을 가지고 나타난 가브리엘의 말이 성모송의 시작이죠."

"아……."

해연의 마음에 뭔가가 뭉클한 기운이 솟구쳤다.

무슨 뜻인지도 모르고 열심히 외우던 기도문이 천사의 말이었단 사실을 깨달으니 뜬금없이 감동이 밀려왔다. 해연이 탄성을 흘리자 서현 엄마는 빙긋 웃었다.

"성모송 마지막이 뭔지 생각해 보세요."

해연은 재빨리 속으로 성모송을 읊었다. 처음부터 읊지 않으면 마지막을 생각해낼 수 없기 때문이었다. 그녀는 입술을 오물거리며 성모송을 속으로 생각하다가 마지막을 입 밖에 내었다.

"이제와 저희 죽을 때에, 저희 죄인을 위하여 빌어주소서……."

해연은 서현 엄마의 설명을 듣기 전에 알 것 같았다.

성모송은 기도문이지만, 마리아한테 바치는 기도가 아니었다. 기도의 대상이 하느님인 기도문이자, 마리아에게 전구를 부탁하는 정중하고 힘이 있는 말의 모음인 것이었다. 그 깨달음은 해연의 머리와 마음을 시원해지게 해주었다.

서현 엄마는 해연의 마음을 읽기라도 한 듯 커피를 한 모금 마시고 웃으며 말했다.

"카톨릭은 성모마리아를 믿는 종교가 아니에요. 우상 숭배도 아니고요. 우리가 그리스도인으로 살기 위해 도움을 청하는 것이지, 성모님을 신으로 모시는 게 아니니까요."

그제야 성물방에 있는 성화와 성상들이 새롭게 보였다. 아직까지 집에 십자가나 마리아상을 놓지 않았는데, 하나 사고 싶은 마음이 들었다.

그때 누군가 성물방 입구에서 말을 걸었다.

"저기… 뭣 좀 여쭤볼게요."

"네. 어서 오세요."

나이가 지긋해 보이는 여성은 멈칫멈칫하며 주저하더니 조심스럽게 안으로 들어왔다.

"…성물들을 버리려면 어떻게 해야 하나요?"

작은 십자고상을 보고 있던 해연은 호기심을 느끼며 귀를 기울였다. 생각해 보니 묵주가 끊어질 수도 있고, 성상이 깨질 수도 있었다. 그럴 때 폐기를 어떻게 해야 하는지 궁금하기도 했다. 서현 엄마는 눈을 반짝하더니 특유의 미소를 보였다.

"원래는 교육관 입구에 폐기할 성물들을 모아두는 곳이 있었는데, 교육관 리모델링하면서 지금은 없어졌어요."

"그럼, 집에서 버리려면 어떻게 하죠?"

“어떤 성물을 버리시려는데요?”

“묵주도 있고, 마리아상도 있고요……..”

“묵주는 끈을 잘라서 구슬을 따로 종이에 감싸고요. 마리아상
이나 성화는 모양을 알 수 없게 파기해서 종이에 싼 다음 종량제 봉
투에 버리세요.”

“십자고상은요?”

“십자고상은 십자가와 성상을 분리해서 십자가는 십자 모양을
알 수 없게 해서, 성상이랑 종이에 싸서 버리시면 돼요.”

여성은 “아……..”하며 고개를 끄덕이고 슬그머니 성물방을 나
가려고 했다. 하지만 곧 서현 엄마의 질문에 붙잡혔다.

“근데 성물은 왜 버리시려는데요?”

“그게……..”

여성이 한숨을 푹 쉬며 입을 다물자 서현 엄마는 얼른 종이컵을
꺼내며 물었다.

“커피 한 잔 드실래요?”

그렇게 이야기를 나누게 된 자리에 동석하게 된 해연은 여성의
사연에 충격을 받았다.

“저, 나름대로 열심히 성당 다녔거든요. 진짜 주일미사도 안 빠
지고, 평일미사에도 시간 될 때마다 나오고 그랬는데, 남편이 바람
난 것도 모르고……..”

그제야 그녀의 얼굴에 가득한 우울감이 해연의 눈에 들어왔다.

"내가 성당을 왜 다니나 싶고, 어떻게 나한테 그럴 수 있나 원망도 되고……. 난 정말 열심히 성당 다녔는데, 왜 이렇게 된 거죠. 이게 지옥이 아니면 뭐예요."

급기야 여성이 눈물을 흘리자 서현 엄마는 티슈를 뽑아 주었다.

"그래서 나도 이제 성당 안 다니려고요. 하느님 믿어도 아무 소용없잖아요. 내가 뭘 잘못했다고…, 나한테 왜 이런 시련을 주시고…, 이제는 사람이 너무 밉고, 누구도 믿을 수가 없어요."

덩달아 눈물을 흘리며 해연은 서현 엄마가 건네주는 티슈로 코를 풀었다.

'어쩜 이런 개나리 발싸개 같은 경우가 다 있어.'

안 그래도 요즘 갱년기가 가까워져서 그런지 괜히 감정이 욱해지곤 했었다.

해연은 울컥하는 마음과 함께 마치 남편 정대가 외도한 것 같은 분노와 배신감에 휩싸였다. 원래 여자들끼린 화장실도 같이 가는 법이잖은가. 다른 여자의 남편이 외도했으면 내 남편의 외도처럼 공감하고 화를 내는 게 당연했다. 드라마 속에서 외도하는 남자 등장인물이 대국민 욕받이가 되는 이유였다.

그래서 아줌마들이 막장 드라마를 보며 김치 싸대기에 환성을 지르고, 출생의 비밀에 경악하고, 한 회가 끝날 때마다 한탄을 토해

내곤 한다.

해연은 제 일처럼 울어대며 여성을 위로했다.

"그래도 힘내세요……."

"제 남편 잘못이라는 걸 아는데, 하느님 잘못이 아니라는 걸 아는데, 도저히 성당 못 다니겠어요…. 흑흑, 내가 무슨 죄를 지어서 이런 벌을 받나 싶고요……."

설마하니 죄에 대한 벌로 남편이 바람을 피게 한 걸까 싶었다. 성당을 다닌 지 얼마 되지 않았지만, 논리적으로 설명할 순 없지만, 그렇지 않을 거라는 확신이 들었다.

"그건 아닐 거에요."

"그럼 왜 나한테 이런 일이 생긴 거예요. 왜 하필 나예요. 너무 힘들고 외로운데, 나한테 왜 아무도 없죠. 옆에 아무도 없어요. 왜 이럴 때 하느님은 없죠……."

해연은 그 질문에 대한 답을 해줄 수가 없었다.

생각나는 말은 하나밖에 없었다.

"기도해드릴게요."

"고마워요, 정말 고마워요……."

어느새 성물방은 눈물바다가 되었다.

세 사람이 소리 없이 울어대자 밖에서 입구를 기웃거리던 사람들은 눈치껏 조용히 멀어졌다. 한참을 운 것 같았다. 해연이 벌게진 눈으로 바라보자 여성이 코를 훌쩍이며 멋쩍은 웃음을 지었다.

"처음 보는 분들한테 제가 추태를 보였네요."

추태는 해연이 더 보였다고 해도 과언이 아니었다.

"아니에요."

해연이 손사래를 치며 어색하게 웃자 서현 엄마가 티슈를 정리하며 물었다.

"댁이 근처세요? 저희 성당에선 못 뵌 거 같은데."

"집은 여기서 가까운데, 찻길 건너라서 다른 성당이 구역이더라고요."

"세례명이 어떻게 되세요?"

"글라라요."

그렇게 통성명을 하고 나니 세 사람 사이에 끈적거리는 유대감이 생겼다. 마치 막장 드라마로 인해 대동단결하는 것과 같이, 혹은 사선을 함께 넘나든 전우애 같이.

"다음에 또 올게요."

들어올 때보다는 훨씬 가벼운 얼굴로 나가는 글라라에게 해연과 서현 엄마는 손을 흔들었다.

신기한 일이었다. 그 잠깐 사이에 글라라도, 해연도 삶이 변한건 없는데 뭔가가 달라졌다.

글라라는 지독스럽게 얼굴 가득 깔려있던 우울감을 조금은 털어냈고, 해연은 신앙에 대해 아리송함을 조금은 해소했다. 불과 삼십 분도 안 되는 시간이었다.

"서현 엄마 덕분인가 봐요."

"뭐가요?"

"여기 있으니까 뭔가 많이 변하는 거 같아요. 뭐랄까, 좀 성숙해지는 느낌이랄까요?"

해연의 말에 서현 엄마는 뜬금없이 소리 내어 웃었다. 그리고는 의미심장한 시선과 말을 던졌다.

"여기 있어서가 아니라, 예수님과 함께 있어서겠죠."

그 말이 끝나자마자 해연은 주변을 두리번거렸다. 진짜로 예수님이 옆에 있나 싶어서였다.

에이. 아니겠지.

아닐 거야.

그렇게 생각하는데 어째서인지 어깨가 움츠러들었다.

좀 무섭다.

무서운 게 아닌데, 무섭다.

"근데 왜 마르타는 단체 가입을 안 해?"

총구역장 헬레나의 질문에 해연은 머쓱한 표정을 지었다.

"그게, 제가 잠시 일을 쉬고 있는 중이라서요. 언제 다시 일을 할지도 모르는데……."

　물론 일자리를 구하는 게 쉽지 않았다. 선생님을 구하는 어린이 집은 없다시피 했고, 마흔다섯 살의 아줌마가 새로운 직종의 일을 구하기도 어려웠다. 60세가 넘으면 시니어 일자리라도 알아볼 텐데, 이도저도 아닌 나이가 문제였다. 게다가 마흔다섯 살은 잘하던 것도 자신 없어지게 만드는 나이였다. 그러니 새로운 것을 시작한다는 건 더욱 겁이 날 수밖에 없었다.

　"무슨 일 했는데?"

　"어린이집 교사요."

　"그럼, 어린이 주일학교 교사 하면 딱이겠네."

　해연의 귀에 '어린이'와 '교사'가 화살처럼 날아와 박혔다.

　"그게 뭔데요?"

　"초등학생들 주일학교 선생님이지. 애들한테 교리도 가르치고, 같이 놀기도 하고."

　그러자 가만히 듣고 있던 서현 엄마가 고개를 절래절래 흔들었다.

　"형님. 아직 예비자 교리도 안 끝낸 사람한테 너무 부담 주시지 마세요."

　"어머. 맞다. 자기, 아직 예비자였지? 하하, 성당에서 자주 봐서 깜박했네."

하지만 해연은 주일학교 선생님에 대한 관심이 높았다.

"주일학교 선생님 하면 월급은 얼마나 줘요?"

그녀의 질문에 서현 엄마와 헬레나는 잠시 침묵했다. 그리고는 이내 둘이 동시에 웃음을 터뜨렸다.

"마르타, 정말 웃기다. 하하."

헬레나가 손사래까지 쳐대며 웃자 서현 엄마가 특유의 미소를 지었다.

그 순간, 해연은 충격을 받았다. 헬레나가 부활절 준비 자금을 마련한다며 물품판매를 하던 것도, 서현 엄마가 매일 성물방을 지키고 있는 것도, 전부 무보수였음을 깨달았기 때문이었다. 동시에 그녀는 언젠가 서현 엄마가 돈도 안 받는데 자신이 왜 그리 열심히 다니는지 모르겠다고 했던 말을 떠올렸다.

가만히 보면 종교 활동은 둘 중에 하나인 것 같았다. 뭔가에 씌었거나, 세뇌당했거나.

해연의 눈에는 눈앞의 두 사람이 세상살이나 현실적 문제, 또는 금전적 부족함과 거리가 먼 사람들로 보였다.

'남편이 돈을 잘 버나?'

그렇지 않고서야 이렇게 종교 활동에 전념할 수 있을까 싶었다.

"마르타는 목소리도 좋으니까, 전례 봉사해도 괜찮겠어."

"그건 뭔데요?"

해연이 어리둥절해서 묻자 서현 엄마가 한숨을 푹 쉬었다.

"형님. 좀 천천히요."

"알았어, 알았어."

해연은 빈 종이컵을 내려놓으며 어수선한 로비에 시선을 주었다. 며칠 전부터 부활절 준비를 한다며 젊은 아이엄마들이 바삐 움직이고 있었다.

그녀는 여전히 예수님이 죽었다가 사흘 만에 부활했다는 이야기를 믿을 수가 없었다. 그나마 다행인 건, 이제는 예수님의 생애를 순서대로 이해했다는 것이었다. 그리고 천주교에서 부활절과 성탄절을 얼마나 중요시하는지도 알게 되었다. 정확하게는 부활절과 성탄절을 준비하는 시기를 무척이나 의미 있게 여겼다.

그 점도 해연에게는 무척이나 신기한 일이었다.

대림시기와 사순시기는 예수님의 탄생과 부활을 믿지 않으면 전혀 의미 없는 시간이기 때문이었다. 동시에 4주의 대림시기, 40일의 사순시기를 보내며 예수님의 탄생과 부활을 준비한다는 게 인상적이었다. 특히나 신자들이 사순시기를 보내며 희생과 인내를 생활화한다는 점이 경이로웠다. 사순 시기에 서현 엄마는 믹스 커피 한 잔을 해연과 반씩 나눠 마셨다.

"작년에는 사순시기에 커피를 한 모금도 안 마셔 보려고 했는데, 점점 미칠 거 같더라고요. 결국 열흘도 안 돼서 커피의 유혹에

굴복했지 뭐예요. 그래서 올해는 내가 할 수 있는 만큼만 참아보려고요."

서현 엄마가 나눠준 커피 안에 온전히는 못하더라도 조금이라도 예수님의 고통을 나누려는 마음가짐이 담겨 있었다. 그 모습이 너무나 감명적이었다. 예수님의 고난을 따라 생활에서 실천한다는 의미가 비현실적이면서도 이상적으로 느껴졌기 때문이었다.

그때 성물방으로 누군가 들어오며 쩌렁쩌렁 울리는 목소리로 말했다.

"너무 짜증나요."

"왜? 누가 우리 카타리나를 짜증나게 했어?"

짜증내는 아이에게 '우쭈쭈' 하며 달래듯 헬레나가 묻자 카타리나가 입술을 씰룩거렸다.

"아니, 우리 세진이가 원래 부활성야 미사에 복사 배정 받았거든요. 예슬이는 주님만찬 미사에 복사 배정받았는데, 예슬이가 학원 가야한다면서 토요일로 바꿔달라고 했대요."

마치 속사포 같았다.

숨도 안 쉬고 한 번에 말을 쏟아내는 비법이 궁금할 정도였다. 게다가 귀가 아플 정도로 목소리가 커서 해연은 정신이 알딸딸해졌다.

“진짜? 그래서?”

“릴리아나 언니가 난처해하는데, 정말 짜증나서. 아니, 그럼 세진이는 어쩌라고요? 부활성야미사 복사 선다고 좋아했는데.”

“세진이랑 예슬이가 같은 학년이지?”

“네. 학교도 같아요. 근데 그 엄만 맨날 그래요.”

해연은 대화의 의미가 궁금했지만, 질문을 던질 분위기가 아니라서 슬그머니 뒤로 물러섰다.

뭔지 모르지만 그녀가 성당에 다니기 시작한 후로 처음으로 신자가 타인에 대해 험담하는 걸 듣게 되었다.

“새벽 복사도 예슬이가 피곤해해서 안 된다고 해서 빼주고 있잖아요.”

“요즘 애들 학원 가랴, 공부하랴, 정말 힘들지.”

“우리 애도 목요일에 학원 가거든요. 근데 자기네 애 학원 간다고 부활성야 미사 배정받겠다는 게 말이 돼요? 크리스티나가 부활성야 미사에 예슬이 복사 세우고 싶어서 핑계 대는 거죠.”

“릴리아나도 힘들겠다. 복사 배정하는 거, 머리 아프다던데.”

“예슬이가 빵꾸내는 것도 세진이가 다 맡아 하고 있잖아요. 그럴 거면 왜 복사를 하는지, 정말.”

뭔가 대화의 요지가 어긋난 것처럼 느껴졌다.

카타리나는 끊임없이 크리스티나에 대한 험담을 하고, 헬레나는 어떻게든 대화의 주제를 바꾸려 애를 쓰는 것만 같았다. 한참을 귀가 얼얼할 정도로 쉬지도 않고 말을 쏟아내던 카타리나는 뒤늦게 해연을 발견한 듯 눈을 동그랗게 떴다.

"안녕하세요."

해연이 조심스레 인사하자 카타리나가 당황하는 기색을 보였다.

"안녕하세요. 처음 뵙는데 시끄럽게 했죠. 죄송해요."

"아니에요."

해연은 복사라던지, 부활성야 미사라던지 이해하기 어려웠지만, 대충 상황은 알 것 같았다.

아이들 문제인 것이다.

학부모이자 어린이집 선생인 해연에게는 너무나 익숙한 상황이었다. '우리 아이'를 유독 챙기는 학부모는 어디에든 있었다. 그런 부류는 '우리 아이'가 다른 아이들보다 더 돋보여야 하는 걸 중시하곤 했다. 듣기에 크리스티나는 까다로운 학부모의 유형에 속했다. 물론 해연의 객관적 시선에는 카타리나도 만만치 않았다.

어린이집에서도 그런 경우가 다반사였다. 애들의 일인데 학부모가 나서는 순간, 어른 싸움이 되는 것이었다.

그리고 그럴 때 항상 피 보는 건 어린이집 선생이었다. 지금 상황에선 릴리아나가 딱 그 역할이었다. 속으로 릴리아나에게 위로를 보내며 해연은 영업용 미소를 지었다. 어린이집 학부모들이 좋아하는 그 미소는 카타리나에게도 먹힌 모양이었다.

"정말 인상 좋으시네요."

"감사합니다."

해연이 배꼽 인사까지 하자 카타리나가 소리 내어 웃었다.

웃음소리까지 우렁차서 공기의 파동이 느껴지는 것만 같았다. 해연이 태어나서 이토록 목소리가 큰 사람은 처음이었다. 보통은 이렇게 목소리 큰 사람이 성질도 드세기 마련이다. 여러모로 가까이하지 않는 게 좋을 듯했다.

사전 정보로 파악된 크리스티나는 해연이 절대적으로 피해야 할 학부모 유형 1이었다. 유형 2는 카타리나였다. 그래서 되도록 그들을 피하고 싶었는데, 두 사람은 하루가 멀다하고 번갈아가며 성물방에 들어왔다. 오늘은 크리스티나 차례였다.

"비 오는 날마다 6학년 애를 학교에 차로 데려다 준다니까요. 뭘 그렇게까지 해?"

그리고 지금 크리스티나는 쉬지도 않고 카타리나에 대해 이야기하고 있었다.

"그 언니는 정말 주변 사람을 엄청 피곤하게 해요. 우리 예슬이가 자기도 비 오는 날엔 태워달라고 하는데, 정말이지. 다 큰 애를 왜 태워다준대요? 비 좀 맞으면 어때?”

“하하하.”

해연과 서현 엄마는 그냥 웃기만 했다.

“그리고 생일 파티는 뭘 그렇게 요란하게 한대요? 누군 생일 없나? 자기 애만 생일이야? 진짜 피곤하다니까요. 애한테 너무 열심히 하는 거 아니에요? 주변 사람도 생각해야죠.”

어린이집에서도 생일 파티에 유독 열을 올리는 학부모가 있었다. 보통은 같은 달에 생일인 아이들을 모아서 생일 파티를 하는데, 유난을 떠는 엄마들은 아이 생일에 따로 파티를 해달라고 요구하곤 했다. 어린이집의 규정과 월 커리큘럼 때문에 힘들다고 아무리 이야기해도 소용없는 경우가 대다수였다.

하지만 초등학교 6학년 애의 생일 파티를 요란하게 하는 게 무슨 문제인지 아리송했다. 집에서 하는 생일 파티가 얼마나 거창하겠나 싶어서였다. 게다가 자기 집에서 생일파티로 난리 부르스를 추던 말던, 주변 사람이 무슨 상관이라고 피곤해지는지 선뜻 이해되지 않았다.

‘혹시 층간소음 문젠가?’

옆집이나 위아래에 살고 있다면 피곤을 느낄 수도 있었다.

“층간소음은 정말 피곤하죠.”

해연이 은근슬쩍 끼어들어 공감을 표현하자 크리스티나가 한

숨을 푹 쉬었다.

“같은 동이 아니어서 천만다행이죠. 대체 애들을 몇 명이나 초대해서 파티를 하는 건지. 아무튼 카타리나 언니 때문에 정말 피곤해요. 애한테 너무 열성이잖아요.”

‘자기네도 생일 파티를 해주면 되잖아.’

결국 크리스티나 자신은 생일 파티도, 비 오는 날 차로 데려다주기도 싫으니 카타리나가 그만둬야 한다는 식이었다.

“카타리나 언니 때문에 정말 피곤해요. 애한테 너무 열성이잖아요. 우리 예슬이가 샘을 내서, 나보고 맨날 세진 엄마처럼 해달라잖아요.”

해연은 이런 말을 듣고 서 있는 게 맞는 건가 싶었다. 자신과 전혀 관계없는 사람들이고, 알고 싶은 정보도 아니었다.

가만히 보면 성물방은 대나무숲 같았다. 사람들이 들어와 성물만 사는 게 아니라 이런 저런 이야기를 하는 경우가 많기 때문이었다. 성물에 대한 궁금증부터 온갖 개인사까지 모두 풀어놓고는 떠났다. 그 많은 이야기를 들어주는 서현 엄마가 대단해 보였다.

보살 미소는 그냥 지어지는 게 아니구나.

서현 엄마의 오묘한 미소가 자꾸만 생각났던 이유가 뭔지 알 것 같았다. 다년간 성물방에서 쌓아온 내공이 서현 엄마의 입술 끝에서 펼쳐지는 것이었다. 창문으로 들어오는 햇살을 받아 내뿜는 후

광은 덤이었다.

지금도 끊임없이 투덜대는 크리스티나에게 서현 엄마는 연신 미소를 지어보였다.

"부활성야 미사도 분명 릴리아나 언니한테 먼저 말해서 배정받은 거겠죠. 자기네 애를 복사 서게 하고 싶어서. 누군 복사 설 줄 모르나? 왜 자기네 애만 돋보여?"

듣다 보니 한 가지는 분명했다.

'시샘이 보통 많은 사람이 아니네.'

카타리나는 남 험담을 너무 대놓고 하고, 크리스티나는 질투로 똘똘 뭉친 사람처럼 보였다.

그들을 보자 해연은 처음으로 성당에 다니는 사람에게서 인간미를 느꼈다. 동시에 그동안 이런 시기, 질투, 모함, 뒷담화가 너무 그리웠음을 깨달았다. 해연이 지금까지 성당에서 만난 사람들은 인간적이지 않을 정도로 선했다. 천사가 아닌가 싶을 정도였다. 그들은 성당은 역시 성스러운 곳이구나 싶은 생각이 들게 만들었다. 그런 사람들 속에 있는 자신이 너무 더럽고 죄가 많은 사람처럼 느껴지곤 했다.

하지만 카타리나와 크리스티나를 만나고 해연은 오랜만에 속이 편안해지는 기분이었다.

'여기도 사람 사는 곳이 맞네.'

그동안은 천국에 함부로 발을 들인 죄인인 느낌이었다.

그렇기에 성당이 천국처럼 마냥 아름답고 행복하고 선한 곳이 아니라는 사실에 해연은 오히려 안도감을 느꼈다. 너무 비현실적인 사람들 속에서 그녀는 자신만 뒤처지는 기분이 들었기 때문이었다.

언제부터인가 해연은 꼭 달리기 시합을 하는 것만 같았다. 다들 너무 훌륭해서 그들을 따라 전력질주를 해야만 할 듯했다. 그러다 보니 뱁새가 황새 쫓아가듯 죽어라 달리기만 하는 기분이었다. 너무 힘겨운데 그만둘 수가 없었다. 그럼에도 다들 천국을 향해 앞질러 가는데, 혼자 하느님을 믿지도 못하고 착하지도 않아서 꼴찌인 것 같았다.

자기 혼자 죄인처럼, 속물처럼 보일까 봐 부끄럽기도 했다.

하지만 얼굴 가득한 시기와 질투를 감추려 하지도 않는 크리스티나를 보니, 해연은 자신만 부족하지 않음에, 뒤처진 사람이 자신 외에 또 있다는 사실에 안도했다. 하물며 크리스티나와 카타리나는 자신보다 더 오래 성당을 다니지 않았는가.

오, 내 자존감이 샘솟는다.

그렇게 생각하며 의기양양했던 해연은 미사시간에 신부님의 강론을 들으며 가슴이 뜨끔했다.

"첫째가 꼴찌 되고, 꼴찌가 첫째 된다는 말씀에 어떤 생각이 드시나요?”

그 질문을 듣자마자 영문도 없이 해연의 마음이 따끔거렸다.

“남들과 비교하지 마십시오. 남들보다 더 나아지려고 하지도 마십시오. 나아지는 것의 기준이 나의 눈높이에 있다면 더욱 그만 두십시오. 내가 나아졌는지, 아닌지는 나의 판단에 의한 것이 아니기 때문입니다.”

해연도 크리스티나와 자신을 비교해서 은근슬쩍 자신이 더 착하다고 생각했었다.

“남과 나를 비교하지 마시고, 하느님의 기준에서 나는 꼴찌일지, 첫째일지, 생각해 보십시오.”

푸욱!

비수가 날아와 가슴에 박힌 것처럼 정신이 번쩍 들었다.

얼마나 마음이 찔리던지 해연은 마치 자신을 겨냥해 강론을 하시는 것 같은 신부님을 똑바로 바라볼 수도 없었다.

“부활절을 앞둔 지금, 과연 나는 내 안의 무엇을 죽였으며, 무엇으로부터 부활을 해야 하는지 다시금 생각해 봅시다.”

그 순간, 해연은 부활절이 무엇인지 알 것 같았다.

동시에 그녀는 제 안의 그 무엇도 죽지 않았음을 깨달았다.

변한 건 없었다.

버린 것도, 죽은 것도 없으니 바뀔 것이 남아있지 않았다.

너무 어렵다.

사순시기 동안 가장 많이 변한 사람은 글라라였다. 처음의 우울한 얼굴이 완전히 사라진 그녀는 이따금 오전미사 후 성물방에 들어서곤 했다.

"교적을 옮기고 싶은데, 주소지 때문에 안 되겠죠?"

"아무래도 길 건너는 우리 성당 구역이 아니니까요."

찻길을 사이에 두고 행정구역이 다른 이유였다.

"위장전입도 안 되겠죠?"

글라라는 어떻게든 성당을 옮기고 싶은 모양이었다.

"그쪽 성당에 오래 다니시지 않았어요?"

"그랬는데……."

글라라는 씁쓸한 표정으로 시선을 내렸다.

"집안 사정이 소문나서 다니기가 좀 그래서요. 괜히 뒷말 도는 것도 듣기 싫고."

그나마 다행이었다. 적어도 글라라가 이곳에서는 뒷말 도는 걸 걱정하지 않는다는 뜻이니 해연은 괜스레 뿌듯해졌다.

"그리고 이젠 여기가 마음이 편하네요."

타인의 마음이 평화를 얻는 데 도움이 된다는 사실이 이토록 마음을 따뜻하게 하는 건지 미처 몰랐었다.

시간이 지나며 해연은 천주교가 폐쇄적인 듯해도 무척이나 개방적인 종교임을 알게 되었다. 다른 성당에 다니던 교우가 우리 성당에 온다고 해서 배척하거나 소속을 바꾸게 하려고 애쓰지도 않았다. 천주교에서는 모든 성당의 교리와 전례형식이 같기 때문이었다.

'이래서 공동체라고 하는 건가?'

성당을 다니고 교리를 배우며 가장 마음에 드는 부분이 공동체였다. 절이나 교회처럼 분리된 조직이 아니라 교황청으로 이어져 있는 것도 좋았다. 드라마에서 사제가 교황의 사진을 보며 "파파!" 하고 외치는 장면에서 웃음만 나왔는데, 지금은 그 심정을 충분히 이해할 수 있었다.

"주일미사는 어디로 나가세요? 교중미사에서 뵙질 못했는데."

해연이 묻자 글라라가 종이컵을 만지작거렸다.

"그게, 아직 주일미사는 나가기가……."

글라라가 몇 번 평일미사 참례하는 것을 봐서 당연히 주일미사에 빠지지 않을 거라 생각했었다.

해연은 안타까움이 밀려와 저도 모르게 글라라의 손을 잡았다.

"실은 아직 하느님이 미워요. 이렇게 평일미사를 와도 내가 왜 온 건지도 모르겠고, 성체를 모시는 의미도 모르겠고요."

가장 가까운 남편에게 배신을 당했으니 사람을 믿기 어렵고, 더 나아가서 하느님을 신뢰하는 마음이 사라진 게 당연했다.

"내가 뭘 그렇게 잘못했다고, 이런 일을 겪게 하셨는지 억울하기도 하고요."

그러자 서현 엄마가 조심스럽게 말했다.

"욥기, 읽어보셨어요?"

"네."

해연은 욥기가 뭐였는지 한참을 생각했다.

'그냥 나중에 찾아봐야겠다.'

아무리 머릿속을 헤집어도 생각이 나지 않자 그녀는 포기했다. 성경은 이야기가 너무 방대하고, 등장인물도 많고, 분량도 어마어마했다. 그래서 그녀의 기억에 남아 있는 건 창세기와 신약의 마태오복음뿐이었다. 그마저도 일부분은 알쏭달쏭했다.

해연은 이번에도 서현 엄마가 시원하게 답을 해줄 거라 믿었다. 하지만 서현 엄마의 입에서 나온 말은 해연의 기대와 전혀 달랐다.

"제가 뭐라 해드릴 말이 없네요."

해연은 눈을 동그랗게 떴다.

'왜 없어요. 뭔가 말을 해줘야지.'

서현 엄마라면 하느님께서 왜 글라라에게 그런 시련을 주셨는지 명쾌한 답을 알려줄 수 있을 거 같았다. 그런데 해연의 기대와 달리 서현 엄마는 딴소리를 해댔다.

"커피, 더 드실래요?"

"아뇨. 요즘 밤에 잠을 잘 못 자서요."

"저도 요즘 그래서 오전에만 마시고 있어요."

"갱년기 때문인지 새벽에 자꾸 깨더라고요."

"저도 그렇게 깨면 잠이 도통 안 오던데요."

서현 엄마와 글라라는 너무 자연스럽게 화제를 바꿨다.

분명 조금 전까지 하느님이 밉네, 어쩌네 했던 사람들이었는데 이제는 갱년기 증상에 대해 심오한 토론을 벌이고 있었다. 그들을 빤히 보며 해연은 당황스러움을 감췄다. 그리고 글라라가 성물방을 나가자 얼른 질문했다.

"욥기는 왜 읽어봤냐고 물어봤어요?"

그러자 서현 엄마가 조용히 성경책을 꺼내 내밀었다. 해연은 얼떨결에 받아들며 서현 엄마가 성경책을 건넨 이유가 뭘까 의아해했다. 반짝반짝하면서 고급스러운 가죽표지, 두께감이 상당한 성경은 무게도 제법 묵직했다. 두 손으로 들어도 상당히 무거워 유리 진열대에 내려놓는 해연에게 서현 엄마는 보살 미소를 펼치며 말했다.

"이제 살 때가 됐죠?"

"어……."

성경책을 사서 읽으라는 뜻임을 뒤늦게 깨달은 해연은 느릿하게 고개를 끄덕였다. 그러자 서현 엄마가 손바닥이 위로 향하게 두 손을 겹쳐 내밀었다.

"45,000원이에요."

해연은 뭐에 홀린 것처럼 지갑에서 카드를 꺼냈다.

'뭐지? 강매인데, 강매가 아닌 이 느낌.'

5

믿음의 이유

5월로 접어들자 봄은 어디로 가고 여름이 된 듯 금방 무더워졌다. 사방에서 붉은 장미가 봉오리를 펴대고, 정오에는 햇볕이 이글거리기까지 했다. 그래서 해연은 아침 미사가 끝나면, 해가 정수리로 올라가기 전에 후다닥 집으로 돌아오곤 했다. 그러다 보니 성물방에 향하던 발길이 좀 뜸해진 감이 있었다.

'내일은 성물방 들렀다 와야지.'

아파트 단지로 들어가자 공기가 텁텁했다.

어디선가 '웅웅' 소리를 내며 에어컨 실외기가 돌아가는 소리도 들렸다. 이른 여름의 열기에 에어컨을 켜는 집이 있는 모양이었다. 확실히 해가 지날수록 여름이 길어지는 느낌이었다. 이러다 한여름이 40도를 넘기는 날이 계속될지도 몰랐다.

‘우리 민지는 어떻게 살지.’

민지가 자신의 나이가 되었을 때 여름이 어떨지 상상만 해도 땀이 흘렀다. 아득하게 먼 미래를 걱정하며 집으로 들어간 그녀는 소파에 앉으며 피식 웃었다.

‘예수님께선 오늘 당장 입을 거, 먹을 것도 걱정하지 말라고 하셨는데, 난 30년 뒤를 걱정하고 있네.’

정오로 올라선 태양은 얼마나 쨍한지 창밖이 눈부셨다.

그토록 찬란한 햇빛을 바라보던 해연은 정대가 집에 오면 마실 시원한 음료를 준비했다. 하지만 오후 햇살 그림자가 길게 늘어질 때가지 그는 귀가하지 않았다. 그리고선 저녁이 다되어서야 집에 들어와 신이 나서 떠들어댔다.

“교육관 있잖아. 거기, 리모델링을 하는데 나보고 좀 도와달라네. 어차피 회사도 안 나가는데, 놀면 뭐해.”

그 말을 듣자마자 ‘월급이 웬 말이냐’라는 표정이었던 서현 엄마와 헬레나의 얼굴이 떠올랐다. 해연은 저도 모르게 퉁명스레 물었다.

“돈 준대?”

속물이라고 해도 어쩔 수 없었다. 자신이 노는 만큼 돈이 들어올 구석이 필요했다.

“당신은, 성당에 무슨 돈이 있다고 돈을 달래.”

“우리 집보단 많아.”

“그런 뜻이 아니잖아. 봉사하는 건데 돈을 바라면 안 되지.”

“왜 안 되는데. 다 먹고 살려고 하는 건데.”

‘예수님, 제가 틀린 말 하는 거 아니죠?’

당장에 필요한 대출상환금과 민지의 학원비를 생각할 때마다 그녀는 가슴이 턱 막히는 것만 같았다.

이제 곧 5월이 되는데 마냥 성당만 오가며 매일을 보낼 수도 없었다. 상황이 이런데 교육관 리모델링을 돕겠다는 정대가 철없어 보이기도 했다. 대리운전이라도 하겠다던 사람이 공짜로 하는 일에 먼저 발 벗고 나서니 해연은 가슴이 더 답답해졌다. 게다가 정대는 이제 곧 다시 출근을 할 사람이었다.

아무래도 성당이 사람을 망쳐놓은 모양이었다. 어쩌면 시모의 주장대로 십자가를 멀리 해야 하는지도 몰랐다.

“우리, 성당 그만 나갈까?”

결국 그 말이 해연의 입에서 나오자 정대가 ‘쯧쯧’ 하며 혀를 찼다.

“거, 참 마음이 갈대다. 요리 휘릭, 조리 휘릭.”

손가락을 휙휙 내저으며 말하는 정대를 흘겨보며 해연은 툴툴거렸다.

“내가 언제 요리조리했다고.”

“부활절 지낸 지 며칠 됐다고, 그새 유혹에 넘어가? 팔랑귀 아니랄까 봐. 사순시기에 안 배웠어? 광야에서 악마의 유혹을 받으신 예수님 이야기. 기억 안 나?”

예전부터 정대는 좋게 말하면 우직하고, 나쁘게 말하면 고집이 셌다. 그래서 한 번 결정한 것을 번복하는 일이 거의 없었다. 반면에 해연은 남의 말에 혹하는 경우가 종종 있었다. 대표적인 게 ‘1＋1’이었다. 마트에서 하나를 덤으로 준다하면 그냥 지나치지 못하는 경향이 있었다. 이따금 ‘2＋1’에도 반응하곤 했다.

아무튼 그녀는 자신의 마음이 모질지 못한 것을 조금은 인정하는 바였다.

“예수님처럼 유혹을 이겨내 봐. 그렇게 홀딱 넘어가지 말고.”

“내가 언제 홀딱 넘어가. 그냥 당신도 이제 출근할 거고, 나도 알바하게 될지도 모르고.”

“자꾸 이런다. 알바는 무슨 알바야. 그리고 어머니하고도 얘기 다 끝냈고, 민지도 잘 다니는데, 당신이 그렇게 흔들리면 안 되지.”

정대가 시모와 담판을 짓고 온 건 정말 의외였다. 새삼 성당을 다니겠다는 그의 의지가 만만하지 않음을 깨달았다. 정대는 항상 군소리 한 번 내지 않고 시모의 말에 따르던 좋은 아들이었다. 그런데 대체 그가 무슨 말을 했는지 궁금할 정도로 시모는 순순히 물러섰다.

“어멈아. 난 이제 모르겠다. 너희 알아서 해라. 정대가 죽든 말든 난 상관 안 하련다.”

울며불며 절대 안 된다고 하던 사람이 너무 쉽게 의견을 굽히자 불안하기까지 했다. 이러다가 나중에 정대 몰래 자신을 불러서 온갖 모진 소리를 해대는 건 아닐까 걱정도 되었다.

“표정이 왜 그래?”

“돈 걱정, 내 노후 걱정, 시댁 걱정.”

“거 참, 걱정을 안고 사네. 그만 좀 내려놔.”

해연은 문득 남편이 낯설게 느껴졌다.

원래 이런 사람이었나.

정대가 세상일에 좀 무심한 감은 있었지만, 그렇다고 이토록 세상과 담 쌓은 사람처럼 살지는 않았었다.

“당신은 걱정 안 돼?”

그러자 정대가 피식 웃으며 해연의 어깨를 툭툭 쳤다.

“걱정을 하든 안 하든, 사는 건 똑같잖아. 걱정한다고 현실이 달라지는 것도 아니고, 하늘에서 돈이 뚝 떨어지는 것도 아닌데, 뭘 그렇게 걱정해?”

“아닌 거 아는데…….”

해연은 혹시나 하는 마음을 담아 물었다.

“진짜 하늘에서 돈이 뚝 떨어지게 해달라고 기도해 볼까?”

“아서라. 믿음은 그렇게 쓰는 게 아니다.”

무심한 어조로 툭 던지는 정대의 말에 해연은 심장이 덜컹 내려앉는 기분을 느꼈다. 자신은 아직 하느님과 예수님을 믿지 못하는데 정대는 온전히 믿고 있는 것처럼 보이기 때문이었다. 또다시 저만 뒤처진 기분이었다.

‘왜 나는 믿기지 않는 거지?’

분명히 가톨릭에 대해 아는 것도 많아졌고, 이해하는 폭도 넓어졌다. 그런데 믿음이 없었다. 조바심도 생기고, 믿을 수 없는 자신이 한심하기도 했다. 그래서 화가 났다.

“그럼 믿음은 어떻게 쓰는 건데?”

괜히 정대에게 시비 거는 투가 나오자 해연은 자신의 속 좁음에 더 짜증이 났다.

“난 믿음이 없어서 어떻게 쓰는 건지도 모르겠네. 당신은 좋겠네. 믿음이 있어서.”

그러고 싶지 않은데 빈정거림까지 나왔다. 입 밖으로 말이 나오는 순간, 그녀는 후회를 했다. 다시 주워 담을 수 없는 것을 알기에 제 탓을 하면서도 변명이나 사과를 하고 싶지는 않았다. 마치 궁지에 몰린 쥐가 악다구니만 남은 것처럼 해연은 제 의지와 상관없이 턱을 치켜들었다.

“자기가 언제부터 성당 다녔다고.”

잘난 체를 하느냐는 말을 생략한 그녀를 물끄러미 보던 정대는 그답지 않게 차분히 말했다.

"그러게. 얼마 안 됐는데, 내가 괜히 아는 척했네."

오히려 그가 미안한 듯한 표정을 짓자 해연은 심장이 조이는 것 같았다.

'아, 내 양심.'

뜨끔거리는 심장이 얼른 정대에게 사과하라고 외치는 것처럼 느껴졌다. 그래서 사과하려 입을 연 그녀는 이어지는 그의 말에 할 말을 잃었다.

"사람이 죽을 때가 되면 변한다잖아. 근데 난 죽었다 살아나서 그런지, 하루라도 더 빨리 변하고 싶어. 지금까지 내가 살아온 습관, 생각하고 말하던 방식, 마음가짐을 바꿔보고 싶어."

"왜?"

"그래야만 내가 언제 다시 죽더라도 괜찮을 거 같아."

이래서 죽음의 문턱에서 돌아오는 경험이 그 무엇보다 값진 것이라고 하는지 몰랐다.

"그래야 언젠가 내가 갑자기 죽게 되었을 때, 그 천사를 다시 만났을 때, 잘 살다 왔노라, 이제는 돌아가지 않아도 되겠노라, 말할 수 있을 거 같아서."

해연은 그가 사후세계를 경험했다는 걸 다시금 떠올렸다.

지금까지 정대가 그 경험에 대해서 자세한 이야기를 한 적 없었다. 하지만 그가 이야기를 시작하는 순간, 해연은 목이 잠길 정도로 울컥하며 감정이 치솟았다.

"진짜로 죽었구나 생각했었어. 사람들을 따라 가면서 온통 하얀 세상은 이 세상이 아니었으니까. 이게 저승이구나 싶었지. 그런데 눈물이 나더라고."

정대가 이토록 인자하고 평온한 모습으로 자신의 속내를 말한 적은 한 번도 없었다. 그는 무뚝뚝하고 권위적이며, 가정의 일에 관심도 없는 가부장적인 남자였다. 남자가 무슨 눈물이냐고 큰소리 떵떵 치던 사람이었다.

"그 긴 길을 걸어가는데, 가면 안 될 거 같고 무섭기도 한데, 너무 걱정이 되는 거야. 더 살아야 하는데, 내가 이대로 죽으면 안 되는데, 우리 집 대출도 갚지 못했는데, 그거 때문에 당신이 혼자 고생하면 안 되는데, 우리 민지가 아빠 없이 예식장 들어가면 안 되는데……."

"으흐흐흑."

기어코 해연은 터져 나오는 오열을 참지 못했다. 정대는 그녀를 꼭 안아주고 토닥였다. 그가 말하지 않았지만 해연은 알 수 있었다. 그가 천사를 만났을 때 무슨 말을 했을지 너무나 잘 알 것 같았다.

'돌아가야 한다고 했겠지.'

가족들에게 돌아가야 한다고 울며 애원했을 터였다. 제 삶에 미련이 남아서, 지은 죄가 많아서가 아니라 세상에 남겨질 해연과 민지가 걱정되어서.

뭐니뭐니해도 정대는 이 집의 가장이었다.

민지는 중3이 되더니 학원에 머무는 시간이 더 많아졌다.

중학교 3학년부터는 중학생이 아니라 예비 고등학생이라는 궤변을 펼치며 학원에서 수업시간을 늘렸기 때문이었다. 말인즉 학원비가 늘어났다는 뜻이었다. 매달 나가는 돈은 늘어나는데, 수입이 줄었으니 해연은 점점 걱정이 커져만 갔다.

"얘가 학원만 돈 벌게 해주는 건 아니겠지?"

괜히 민지가 학원에서 공부는 제대로 하는지 의심도 생겼다. 그다지 만족할 수 없는 중간고사 성적표 때문이기도 했다. 그 많은 돈을 들여 학원에 보내면 적어도 90점 이상은 되어야 하는 게 아닌가 하는 생각도 들었다. 그래서 오늘은 단단히 한마디 해야겠다고 마음먹고 그녀는 팔짱을 낀 채 소파에 앉아 민지가 집에 오길 기다렸다.

"아! 진짜!"

현관문이 '쾅!' 소리를 내며 닫힘과 동시에 민지의 외침이 들리자 해연은 흠칫하고 놀랐다.

"왜? 왜 그래? 무슨 일 있어?"

해연은 밤늦은 시간이라서 혹시라도 나쁜 일을 당했나 싶어 심장이 벌렁거렸다. 그러자 신발을 내던지듯 벗고 들어온 민지가 짜증 가득한 목소리로 말했다.

"준욱이네 아줌마 있잖아."

옆 동에 살며 오지랖이 무한대인 사람이었다.

"그 아줌마가 나보고 왜 마리아 믿는 사이비를 믿냐고, 교회 다니라고 하잖아."

"허! 뭐? 그 아줌마, 이상하네. 그딴 소릴 왜 해?"

"그러니까. 천주교는 사이비라면서, 나보고 정신 차리래."

욕이 목구멍을 치고 올라오며 헐떡헐떡 숨이 막혔다.

애한테 별 소리를 다한다고, 미친 거 아니냐고, 알지도 못하면서 무슨 사이비라고 하냐고, 온갖 말들이 정신없이 해연의 머릿속에 몰아쳤다. 얼마나 흥분했는지 입술이 바들바들 떨리고 시야가 흐려질 정도였다. 너무 화가 났다. 전해 들은 그녀가 이 정도로 화가 나니, 민지는 어땠을지 생각하자 더욱더 화가 솟구쳤다.

'중2병은 이럴 때 썼어야지. 제대로 발광 좀 하지 그랬어.'

그 말들이 튀어나오려던 찰나, 해연은 눈을 번득였다.

"너, 이리 와 봐."

민지를 앞에 앉혀놓고 해연은 서현 엄마가 알려준 마리아와 성모송에 대해 설명했다. 사이비라고 매도하는 상대에게 중2병으로 대들면 오히려 지는 것 같아서였다. 그래서 차분히 설명을 한 뒤에 그녀는 낮게 이를 갈았다.

"나한테 걸리기만 해 봐."

그러자 민지가 으르렁거리는 목소리로 따라 읊조렸다.

"한 번만 더 사이비라고 해 봐."

그 모습을 보며 해연은 마치 애완견한테 '물어'를 가르친 주인처럼 걱정 반, 자랑스러움 반이 되었다.

5월이라 성모성월을 기념하는 행사가 열리자 해연은 주일학교 교사들에게 이리저리 불려 다니게 되었다.

"어린이집 선생님이셨다고 하셔서 도움 좀 부탁드리려고요."

행사에서 아이들이 춤과 노래를 선보이는데, 소품 만드는 걸 도와달라는 것이었다.

해연은 오랜만에 아이들 머리띠와 등에 장식할 날개 등을 만들며 즐거워했다. 돌이켜보면 일이 고되다고 투덜댔지만, 무척이나 즐거웠던 시간들이었다. 이제 막 걸음마를 뗀 아이부터 지지리도 말 안 들어서 미운 네 살까지 아이들과 함께했던 날들이 새삼 그립기도 했다.

그렇게 저녁 늦게까지 일을 돕고 성당을 나선 그녀는 아파트 단지에 들어서며 걸음을 멈췄다.

원수는 외나무다리에서 만난다고 하던가.

"안녕하세요?"

평소 같으면 그냥 지나쳤을 준욱 엄마를 보고 해연은 먼저 인사를 했다.

"아, 민지 엄마."

해연을 보고 떨떠름한 표정을 짓는 걸 보니 준욱 엄마도 제가 애한테 쓸데없는 소리를 한 걸 아는 모양이었다. 그렇다고 이대로 넘어갈 수는 없었다. 어디 가서 천주교가 사이비니, 마리아를 믿는 종교니 하며 또 떠들어대기 전에 확실하게 입을 막아야 했다.

"며칠 전에 우리 민지한테 천주교가 사이비라고 했다죠?"

원래는 서현 엄마처럼 온화하고 품위 있게 말을 꺼내려 했었다. 하지만 생각만 해도 욱하고 분노가 치밀어 말끝이 인정사정없이 하늘로 치고 올라갔다. 마치 따지듯 묻는 해연에게 준욱 엄마는 눈을 가늘게 떴다.

"그럼 이단이 아니란 말이에요?"

'이단? 이다안?'

해연은 눈이 헤까닥 뒤집히려는 걸 간신히 참았다.

"왜 이단이라고 하세요?"

"천주교는 마리아를 믿는 종교잖아요."

사전에 서현 엄마에게 배운 지식이 이토록 도움이 될 줄이야.

"그런 거 아니에요. 마리아는 예수님 엄마잖아요. 성당은 마리아를 믿어서가 아니라, 하느님께 전구를 부탁드리는 의미에서 존중하는 거예요."

"에휴, 성당 다닌 지 얼마 안 됐다면서요? 그래서 민지 엄마가 아직 모르나 본데, 그게 다 우상숭배예요. 성당 다니는 거, 사이비 믿는 거랑 똑같아요."

해연의 이마에 힘줄이 빠직하고 돋아나며 혈압이 급상승하는 게 느껴졌다.

이러니 민지가 그렇게 열을 내며 집에 들어온 것이었다. 해연은 더 화가 치밀기 전에 그냥 서로 갈 길 가는 게 낫다는 걸 잘 알고 있었다. 준욱 엄마가 가톨릭을 사이비로 치부하든 말든 그냥 무시하는 게 답이라는 것도.

하지만 이대로 물러설 수가 없었다. 내 가족에 대해 헛소문을 퍼뜨리거나, 내가 사랑하는 사람을 모함하는 걸 그냥 지나칠 수 없듯이, 천주교를 이단으로 몰아대는 걸 참을 수가 없었다. 차라리 내가 욕먹는 게 나았다.

그래서인지 오히려 마음이 차가워지는 것 같았다. 두뇌가 빠르게 회전하고 냉정하고 차분하게 목소리가 흘러 나왔다.

"준욱 어머니는 성당 다녀보셨나 봐요?"

“어머. 무슨 소리예요. 내가 왜 성당에 가요?”

“그런데 왜 성당 다녀본 저보다 천주교에 대해 잘 아는 것처럼 말하세요?”

“그, 그건… 상식이잖아요! 성당이 마리아 믿는 거, 모르는 사람이 어디 있어요? 우리 교회 목사님도 예배 때 말씀하셨거든요?”

‘와, 이런 개소리를 너무 당당하게 하시네.’

해연은 언제나 논리를 따지는 사람이었다. 그 성격이 사회생활에 도움이 안 되고, 모난 성격으로 비치는 걸 잘 알기에 스스로 고쳐보려 노력도 했었다. 하지만 지금은 오히려 논리를 따질 수 있음에 감사했다.

‘이런 거 못 참는 성격이라 다행이다.’

해연은 마치 떼를 쓰는 아이를 훈계하듯이 나직하고 힘 있는 목소리로 입을 열었다.

“준욱 어머니.”

그러자 준욱 엄마의 시선이 움찔하더니 아래로 내려앉았다.

“밥만 먹어본 사람이 빵맛을 알까요? 아님, 빵을 먹어본 사람이 빵맛을 잘 알까요?”

“그, 그야 빵을 먹어본 사람이…….”

“성당 근처도 안 가본 준욱 어머니께서 천주교에 대해 잘 알까요? 성당을 다니는 제가 더 잘 알까요?”

준욱 엄마는 '입꾹닫'을 시전했다. 그녀는 이단을 연발하며 마리아를 물고 늘어지던 입을 꽉 닫고 한겨울 들판에 버려진 강아지처럼 바들바들 떨었다. 하지만 이내 곧 목에 핏대를 세워대며 덤벼들었다.

"민지 엄마. 그렇게 잘 알면, 성경 어디에 마리아한테 전구하라고 나오는지 말해 봐요."

해연은 아주 재빠르게 머릿속에서 성경을 훑었다. 예수님께서 돌아가시기 전에 "이분이 네 어머니시다."하고 말씀하신 게 떠올랐지만, 마리아께 전구하라고 한 내용은 떠오르지 않았다. 순간, 그녀의 이마에 식은땀이 송글 맺혔다.

5월의 막바지로 접어드는 밤공기가 이토록 더웠던가. 해가 완전히 졌는데도 길바닥의 열기가 다리를 타고 올라왔다. 그녀는 괜히 짜증이 나서 그 더위에 화풀이를 하고 싶어졌다.

그때 어디선가 장미향이 물큰 풍겼다. 요즘 장미는 향기도 나지 않던데 어디에 핀 꽃이기에 이토록 선명한 향기를 풍기는지 알 수 없었다. 코끝을 물들이는 그 향기와 함께 불어온 바람이 식은땀으로 흥건해졌던 이마를 식혔다. 동시에 그녀의 머릿속도 시원해졌다. 답답했던 기운이 사라지며 갑작스레 할 말이 떠올랐다.

"그럼 준욱 어머니께선 삼위일체를 안 믿으세요?"

"어머, 큰일 날 소리. 왜 안 믿어요? 교회에서 위격을 얼마나 중요한 교리로 생각하는데요.”

“그러면, 성경 어디에 삼위일체에 대해 나오죠?”

다시금 준욱 엄마의 입술이 조개처럼 꽉 물렸다.

얼마 전에 해연은 SNS에서 삼위일체에 대해 신부님께서 설명하시는 영상을 봤었다. 영상 속 신부님은 삼위일체는 성경에서 직접적인 언급이 없다고 했었다. 하지만 성경에 하느님과 하느님의 아들이신 예수님, 성령에 대한 이야기는 분명히 있었다. 그렇게 직접적으로 언급되어 있진 않지만 삼위일체를 유추할 수 있는 구절이 있기에 기독교 교리에서는 위격에 대해 중요시하고 있다는 것이었다.

정대는 기독교가 그리스도교라고 말했었다. 그러니 그리스도를 믿는 개신교도 당연히 삼위일체를 믿을 게 분명했다.

“준욱 어머니께선 성경에 삼위일체라는 단어가 나오지 않아도 믿죠?”

“당연히 믿죠.”

“저희도 그래서 믿어요.”

해연은 의식하지도 못한 채 ‘저희’라고 했다. 어느새 그녀에게 가톨릭은 ‘우리’라는 공동체가 된 것이었다.

“예수님께서 돌아가시기 전에 제자에게 어머니로 모시라고 하셨잖아요. 그러니까 천주교 신자는 마리아께 전구를 부탁함으로 좀 더 예수님께 가까이 다가가려 하는 거죠. 마리아께 기도를 드리거나, 우상숭배를 하는 게 아니라는 거예요.”

해연은 자신의 입에서 나오는 말이 믿기지 않았다.

초여름의 밤공기가 뜨거워서, 열기를 타고 흐르는 장미꽃 향기가 은근해서, 마치 뭔가에 홀린 듯 그녀는 말했다.

“그리고 굴러온 돌이 박힌 돌 빼낸다는 말이 있잖아요.”

뜬금없는 말에 준욱 엄마가 영문을 모르겠다는 표정을 지었다.

“원래 가톨릭에서 개신교가 파생된 거, 아세요?”

이 부분은 교리를 통해서도 배웠지만, 다큐멘터리로 본 기억이 있었다.

“다른 말로 가톨릭이 개신교 원조라는 거예요. 그러니까 가톨릭이 이단이면 준욱 어머니께서 믿는 교회도 이단이란 소리죠.”

절대로 반박할 수 없는 역사적 사실이었다.

중세에 부패했던 가톨릭에 반대하던 신부님이 만든 종교가 개신교였다. 그럼에도 준욱 엄마는 애꿎은 부분을 물고 늘어지며 아득바득 우겼다.

“그래서 가톨릭은 타락한 종교라는 거예요. 죄에 빠져서 우상숭배하고, 마리아 믿는 종교요.”

아집이 똘똘 뭉친 준욱 엄마를 빤히 보며 해연은 속으로 혀를 찼다.

‘헛소리를 너무 정성껏 하시네.’

과거 가톨릭이 행했던 죄와 잘못은 분명했다.

하지만 아득히 먼 과거이지 않은가.

몇 세기가 지난 일을 여전히 들먹이며 비난하는 게 온당한가 싶었다. 해연은 자분거리는 목소리로 반박했다.

“준욱 어머니께서 다니는 교회에선, 회개와 용서를 모르나 보네요. 예수님께서는 회개와 용서를 강조하셨는데.”

“말도 안 되는 소릴 하네. 우리가 왜 회개와 용서를 몰라요?”

“그런데 왜 가톨릭이 회개했다는 것을 인정하지 않고, 용서를 하지 않나요? 왜 몇백 년 전의 죄를 끄집어내면서 비난하나요? 예수님께선 돌아온 탕자도 반기셨고, 잃어버린 양을 되찾았을 때 기뻐하셨죠. 절대 비난하거나 잘못을 꼬집어내지 않으셨어요.”

‘근데 네가 뭔데 우릴 비난해?’

드디어 준욱 엄마의 입이 닫혔다.

반박할 여지가 없는 것이었다. 아니면, 새빨개진 얼굴로 봐서는 엄청 열이 받았거나, 창피한 모양이었다. 뭐가 되었든 해연의 압승이었다. 준욱 엄마가 어떤 소릴 해대더라도 반박할 자신감까지 생겼다.

교리 봉사자, 성서 40주간의 수녀님, 서현 엄마의 가르침을 총망라하며 해연은 제 안에서 뜨거운 것이 솟구치는 것을 느꼈다.

어째서인지 가슴이 뭉클했다.

이제야 진짜로 천주교 신자가 된 기분이었다.

밤바람을 타고 흐르는 장미향을 맡으며 그녀는 오늘 밤에는 자기 전에 묵주기도를 드려야겠다고 생각했다.

6월이 되자 공기는 더욱 뜨거워졌다.

한여름이 아닐까 싶을 정도로 내리쬐는 햇볕에 잠시만 노출되어도 살이 타는 것 같았다. 다시 회사에 출근을 시작한 정대는 저녁마다 곧장 성당으로 퇴근을 해서 교육관 리모델링을 도왔다. 주말에는 아예 집에 없다시피 했다. 해연은 토요일 이른 새벽부터 나가는 정대의 아침밥을 챙겨주느라 덩달아 늦잠을 잘 수 없었다.

"종교에 미친 사람은 답이 없다던 사람이 우리 집에 있었는데?"

현관을 나서는 그를 배웅하며 해연이 길게 하품을 하고 농담을 던지자 정대가 낮게 웃었다.

"그러게. 내가 답 없는 사람이 됐네."

"일하는 게 재밌어?"

"회사 일은 힘든데, 이상하게 성당 일은 재미있네."

"신기하다."

정대는 원래 취미도 없던 사람이었다. 사무직이라 맨날 책상 앞에 앉아있던 그가 페인트칠과 못질을 하며 즐거워했다. 그 변화가 낯설면서 기뻤다. 분명 집의 경제적 형편은 나아지지 않았고, 걱정거리도 늘었는데, 해연과 정대는 점점 서로를 보며 웃는 날이 많아졌다.

예전 같으면 이렇게 새벽에 나가는 그에게 피곤해 죽겠다며 투덜대거나 한 소리 했을 터였다.

주말 아침에 밥상을 차려달라고 하는 남편이 뭐가 예쁘다고 현관까지 배웅하며 손을 흔들어 주고 있는지.

정대가 나가자 해연은 식탁을 정리하고 성경책을 꺼냈다. 몇 번이고 읽었지만 서현 엄마가 욥기를 추천한 이유를 도무지 알 수 없었다. 오히려 하느님은 왜 선하게 살던 욥을 악마에게 내던져 줬는지 이해할 수도 없게 되었다.

'착하게 사는 사람은 그냥 놔두면 안 되나?'

성서 40주간에서 수녀님은 말씀하셨다.

"욥은 흠 없고 올곧으며, 아들 일곱과 딸 셋이 있고, 가장 큰 부자인 사람이죠. 그런데 모두 잃게 돼요. 욥의 믿음은 어디서부터 시작된 것일까요? 이 부분에서 우리는 목적이냐, 결과이냐의 차이를 생각해야 해요. 그래서 믿는 것이냐, 그러려고 믿느냐? 그 질문을 스스로에게 던져야 한다는 거죠."

그 말이 유난히 해연의 귀에 들어온 이유는 '왜 믿느냐?'라는 질문을 해본 적이 없기 때문이었다.

그녀는 그냥 시부모를 따라 절에 다녔듯이 남편을 따라 성당을 다닌 거였다. 제 안에 믿음이 있는지도 확신할 수 없었다. 그냥 성당에서 사람들을 만나는 게 좋고, 뭔가 좋은 사람으로 바뀔 수 있는 기회를 얻은 것 같아서 감사할 뿐이었다.

"하느님의 선물과 사람의 선물은 다르죠. 사람이 바라는 선물은 욕심을 채우기 위한 은총이에요. 하지만 하느님의 기준에서는 인간의 욕심을 채우는 은총이 없습니다."

욥기를 검지로 짚으며 눈으로 쫓던 해연은 수녀님의 말을 떠올리고 고개를 끄덕였다.

"상처 안에 있는 사람에게 상처에 대한 가르침을 주려고 하는 것은 관계를 그르치게 만드는 훈계예요. 하지 마세요."

너무나 공감되는 말이었다.

어린아이들을 가르치고 이끄는 해연은 저도 모르게 훈계를 하는 경향이 있었다. 그래서 그 말이 무척이나 마음에 찔렸고 깊이 박혔다. 혹시라도 자신도 모르게 상처 속에 있는 사람에게 가르침을 주려고 하지 않기 위해 스스로를 단속하게 되었다.

해연은 문득 자신이 변하고 있음을 깨달았다.

내 안의 뭐가 죽은 걸까?

무엇을 죽였기에 변화가 일어난 걸까?

스스로가 변하려 노력하지도 않았는데, 어떻게 이렇게 된 걸까?

마치 바닷가를 걷다가 되돌아본 것 같았다. 곧게 걸어온 줄 알
았는데 이리저리 흩어지다가 종래에는 방향조차 바뀐 발자국을 확
인한 것 같은 기분이 들었다. 그 발자국이 밀려드는 파도를 피해서
움직였음을 깨닫고 안도감이 생겼다.

잘 피했다.

잘 이겨냈다.

그리고 마침내 파도에게서 멀어지는 방향으로 틀어진 발자국
에 이내 감사함이 생겼다.

파도에 휩쓸리지 않아서, 파도가 밀고 온 깊은 바닷물에 빠지지
않아서. 정말 다행이다. 해연은 이제야 어째서 하느님이 필요한지
알게 되었다. 하느님은 그녀를 좀 더 나은 사람으로 변화시켜 주시
는 분이셨다.

파도를 피하게 해주시는 분이셨다.

그래서 파도에 휩쓸리지 않게 모래사장 쪽으로 툭 쳐주시는데,
그녀는 그 부딪침에 밀려 모래사장으로 넘어지며 시련이라 생각했
다. 그건 인간의 고난이지만 하느님께서 주신 고난은 아니었다. 파
도를 피하는 과정이었을 뿐.

"아……."

그녀는 성경책을 점자책처럼 손가락으로 더듬었다.

'서현 엄마가 욥기를 읽어 보라 한 이유가 이거였구나.'

벼락처럼 밀려드는 깨달음에 그녀는 어깨를 부르르 떨었다.

돌이켜보니 정대가 교통사고를 당하기 전에 해연은 지치고 힘든 나날을 보냈었다. 지금은 직장을 나가지 않아서 몸이 편한 것도 있었지만, 심적으로 평안함이 있었다. 민지가 중3이 되어서도 시댁이 더 이상 절에 끌고 다니지 않아서도 아니었다. 여전히 경제적으로 부족했고, 일자리에 대한 불안감도 있었다.

그럼에도 지금은 괜찮았다.

아직은 괜찮았다.

해연이 만족스러운 미소와 함께 성경책을 덮었을 때, 핸드폰 진동음이 울렸다. 화면에 뜬 '동생 해진'이라는 글자를 보고 그녀는 반갑게 받았다.

"토요일 아침부터 무슨 일이야?"

– 그냥. 꿈에 언니가 나와서. 잘 지내지?

"당연하지. 너는 어때? 아기는 잘 크고 있어?"

해연의 모친이 늦둥이로 해진을 낳아서 두 사람은 열세 살이라는 나이 차가 있었다. 그래서인지 해연에게는 동생이 마냥 아이처럼 보였다. 그런 막둥이가 결혼을 해서 임신까지 하자 마음이 여간 쓰이는 게 아니었지만 마음뿐이었다. 동생 내외가 지방에 사는 바람에 자주 왕래를 할 수가 없기 때문이었다.

– 이제 5개월 됐어. 잘 크고 있대.

"다행이다. 성별 알게 되면 문자 줘. 선물 보낼게."

- 응. 형부는 어때? 회복 다 했어?

"다 나았어. 완전 멀쩡해져서 회사에 다시 나가고 있어. 요즘은 주말마다 성당에서 살아."

해연의 친정은 지독하리만치 종교에 관심이 없었다.

선대부터 그랬으니, 어쩌면 유전자가 종교와 상극인지도 몰랐다. 그래서 해연처럼 해진 또한 무교였다. 그나마 다행인 건 해진의 남편이 교회를 다닌다는 사실이었다.

- 맞다. 언니, 나도 교회 나가기 시작했어.

"잘했어."

기뻐하던 해연은 퍼뜩 든 생각에 얼른 덧붙였다.

"너희 교회에 혹시 성당에선 마리아 믿는다고 하는 사람 있으면 아니라고 해. 가톨릭은 마리아 믿는 종교 아니니까 헛소리하지 말라고."

그러자 해진이 깔깔대며 웃었다.

- 언니, 진짜 웃기다. 종교라면 질색팔색하던 사람이. 하하하.

해연도 따라 웃었다. 불과 한 시간 전에 그녀도 남편 정대에게 똑같이 말했기 때문이었다.

6

미움을 참는 게 사랑

7월의 어느 날이었다.

"자기야. 내가 아는 사람이 어린이집을 하는데, 저녁시간에 근무할 선생님 구한대."

헬레나의 말에 해연은 귀를 쫑긋거렸다.

"저녁시간이요?"

보통 어린이집 아이들은 4시에 귀가했다. 그런데 일부 맞벌이 가정의 아이는 6시까지 어린이집에 남아있기도 했다. 10년 전만 해도 24시간 운영하는 어린이집도 있었지만, 지금은 늦어도 8시면 어린이집이 문을 닫았다.

"밤 10시까지 근무할 선생님이 필요한가 봐."

어차피 민지도 학원 갔다가 10시 넘어서야 귀가했다.

"저는 좋아요. 바로 일할 수 있어요."

거기다 7월에는 어린이집 방학도 있어서 월말에 쉬는 날도 있었다.

"그럼 면접 볼 사람 있다고 얘기 해놓을게."

"감사합니다."

성당을 다니며 일자리를 구할 수 있을 거라 생각 못했기 때문에 해연은 마음이 붕 떴다. 덕분에 민지의 학원비를 충당하게 되었으니 너무 감사했다. 걱정거리가 하나 줄어든 것이었다.

"근데 크리스티나 얘기, 들었어?"

기피대상 1호에게 무슨 일이 생겼나 싶어 해연은 고개를 가로저었다. 그러자 헬레나가 고개를 숙였다. 해연과 서현 엄마도 덩달아 고개를 숙여 머리를 맞대자 헬레나는 속삭이듯 말했다.

"애가 복사였잖아. 근데 애아빠가 비신자인데 관면혼배를 안 봤대."

"그럼 조당인데, 예슬이가 복사 선 거였네요?"

"그렇더라고. 그거 땜에 요셉 신부님이 주임신부님한테 완전 깨졌잖아. 알아보지도 않고 복사 시켰냐고."

초당순두부는 들어봤지만, 조당은 듣도 보도 못한 단어였다. 해연은 오랜만에 외계어를 듣는 기분이 들었다.

"저기…, 조당이 뭐예요?"

"아직 모르는구나? 가톨릭 신자가 비(非)신자와 결혼하는 것도 혼인조당의 하나야."

헬레나의 설명에 서현 엄마는 웃으며 덧붙였다.

"그럴 땐 신부님한테 면담 신청해서 관면혼배를 하면 돼요."

"그런데 크리스티나가 관면혼배를 하지 않았는데, 그걸 모르고 요셉 신부님이 예슬이가 복사 서는 걸 허락하셨던 거지."

가톨릭은 고리타분하게 느껴지는 규칙들이 제법 있었다.

하지만 해연이 가톨릭을 접하고 하느님에 대해 공부하며 깨달은 것이 있었다. 시대를 막론하고 지켜야 하는 것들이 존재한다는 사실이었다. 누군가는 전통이라 하겠지만 해연은 도리라고 생각했다. 인간이기에 지켜야 하는 기본적인 도리는 시대를 막론하고 변함이 없기 때문이었다.

그 대표적인 도리가 십계명이었다. 열 가지 규칙은 몇 천 년 전이나 지금이나 마땅히 지켜야 할 규범이었다. 누구나 쉽게 동의할 수 있지만 누구도 지키기 어려운 계명이었다. 사람이라면 응당 옛날에도, 오늘도 지키며 하느님의 뜻이 '오늘' 이루어지게 해야 하는 말씀이었다. 그렇듯 교리 안에서 지켜야 하는 것들은 시대를 불문했다.

결국 복사를 설 자격이 없는 예슬이 복사를 섰고, 보좌신부님이 그 책임을 뒤집어썼다는 이야기였다.

'아, 무지 억울하겠다.'

"그래서 어떻게 됐어요?"

원래 남 얘기를 몰래 하는 뒷담화는 피하고 싶은데, 이만큼 재미있는 것도 없었다.

"말도 마. 우리 요셉 신부님, 요즘 수난시대야."

"왜요?"

"크리스티나 남편이랑 면담해서 관면혼배도 하고 잘 풀리나 했는데, 갑자기 카타리나가, 그 세진 엄마 있잖아."

기피대상 2호를 떠올리며 해연은 고개를 끄덕였다.

"그 엄마 이모가 관상을 잘 본다나, 어쩐다나. 근데 그 이모가 우리 요셉 신부님 사진을 보고 범죄자상이라고 했대. 그러면서 세진이한테 해를 끼칠 수 있다고 했다나."

"네?"

"관상이 그렇대. 그래서 카타리나가 성당 그만 다닌다잖아."

"진짜요?"

해연이 못 믿겠다는 얼굴로 되묻자 서현 엄마가 한숨을 섞어 말했다.

"그래서 세진이가 복사도 그만 뒀대요."

놀라서 말도 안 나올 지경이었다.

보좌신부님이 좀 우락부락하게 생기긴 했어도 범죄자 인상이라니, 너무 과했다 싶었다. 그리고 고작 그런 이유로 신앙생활을 그만 둔다는 걸 이해할 수 없었다. 그때 아들이 죽을 거란 소리에 겁을 먹고 십자가가 있는 성당에서 멀어졌던 시모가 생각났다.

'그런 단순한 이유로, 말도 안 되는 핑계로, 이 좋은 곳을 떠났다니.'

스스로가 믿기지 않을 정도로 해연은 성당을 편하고 좋은 곳이라고 여겼다. 그만큼 성당을 지키고 있는 사람들이 노력하기 때문이려니 했다. 신부님, 수녀님을 비롯해 사무실, 관리실 그리고 구역을 정해서 매달 청소를 하는 신자들 덕분이었다. 누구 한 명의 힘이 아닌 공동체의 마음이 해연을 이토록 편하게 만드는 것이었다.

그렇기에 이토록 좋은 곳에서 별 시답잖은 이유로 멀어지는 사람들이 안타까웠다. 그녀는 문득 그들이 성당에 다닌 이유가 무엇이기에 그리 쉽게 돌아설 수 있는 걸까 하는 의문이 들었다. 스스로에게 질문을 던졌지만, 쉽게 답을 낼 수 없었다.

"헬레나 언니는 성당을 왜 다니세요?"

해연의 질문에 헬레나가 나직하게 웃으며 의미심장한 말을 흘렸다.

"세상 사람들은 나를 쉽게 단죄하고 비참하게 만들지만, 하느님은 아니시거든."

성당에 하느님이 계셔서 다닌다는 소리인가 싶어 해연은 고개를 끄덕였다. 그러자 헬레나가 숨겨둔 선물을 내미는 것처럼 툭하니 말했다.

"성당은 눈물이 이해되는 곳이라더라."

이건 명언이다.

누가 한 말인지 몰라도 벽에 적어놔야 한다.

눈물이 이해된다는 건, 마음껏 눈물을 흘릴 수 있다는 뜻이었다. 하느님이 계신 성당은 실컷 울 수 있는 곳이라는 의미였다.

그토록 어마어마한 위로의 장소가 또 있을까.

"난 이해받고 싶어서 다녀."

그 짧은 말로 모든 것이 설명되었다. 누구에게나 미처 흘리지 못한 눈물이 있기 때문이다.

7월 말이 되자 중고등부 주일학교 여름캠프로 자모회는 난리가 났다. 1박 2일 동안 성당에서 캠프를 하기 때문이었다. 결국 여섯 끼의 식사를 준비하기 위해 자모들이 총출동했다.

"마르타는 축일에 성당에서 밥하고 있겠네."

"축일이요?"

해연이 어리둥절해서 되묻자 안젤라가 고무장갑을 끼며 답했다.

"세례명 축일인데, 보통 성인이 선종한 날로 정해요. 마르타는 7월 29일이죠."

“마르타는 성경에 나오는 사람이 아니었어요?”

“맞아요. 예수님을 따른 삼남매 중 하나죠. 마르타, 마리아, 라자로.”

“근데 성경에 그들이 죽은 날짜가 나와요?”

만약에 그렇다면 단지 신화적 이야기가 아니라 역사적 사실로 성경을 받아들일 수도 있을 거 같았다. 하지만 해연은 안젤라의 설명에 실망하며 눈가를 내렸다.

“그건 아닌데, 가톨릭에선 마르타, 마리아, 라자로 기념일을 7월 29일로 정했어요.”

그때 청소년분과장인 오양순 마르타가 주방으로 들어왔다.

“다들 고생 많으세요. 캠프 준비는 잘 되시죠?”

“분과장님 덕분에요. 청소년분과에서 지원을 빵빵하게 해주셔서 감사해요.”

“아유, 뭘요. 당연히 그 정도는 해야죠. 더 필요한 거 있으시면 언제든 말씀하세요.”

마르타 분과장은 인상이 좋은 만큼 섬세한 사람이었다. 예비자 교육도 맡고 있고, 성서모임 봉사자로 활동도 하면서 해연과는 접점이 제법 많았다. 분과장은 해연을 보자 반갑게 알은척을 했다.

“마르타 자매님, 오늘도 나오셨네요. 예비자인데 이렇게 열심히 하시고, 감사해요.”

154

분과장의 말에 자모회에서 동생뻘인 안젤라가 농담을 던졌다.

"마르타 자매님이 분과장님 뒤를 따라 마르타의 길을 걷는 건 가요?"

"어머, 그렇네요. 우린 마르타네요."

분과장이 웃으며 해연의 팔짱을 끼자 해연은 덩달아 웃었다.

"일꾼 마르타로 거듭나기, 환영합니다. 우리, 자주 봐요."

분명 좋은 말인데, 어쩐지 두려웠다.

여기서 "네!"라고 대답해야 할 거 같은데, 대답했다간 코 꿸 거 같아서였다. 게다가 자신은 죽었다 깨어도 분과장처럼 모두를 아우르는 위인이 될 수는 없을 듯했다. 그런 분과장과 같은 세례명이라니, 아무래도 세례명을 잘못 선택한 것 같았다. 억지로 웃는 해연의 입술 끝이 부들부들 떨렸다.

"모두 수고하세요."

분과장이 주방을 나가자 이어서 곧 릴리아나가 해연을 찾았다.

"마르타는 첫째 날, 아침 점심 저녁에 봉사할 수 있다고?"

사실은 이틀 내내 할 수 있지만, 너무 나서는 것처럼 보일까 봐서 해연은 첫째 날만 봉사 가능하다고 했다.

"네. 근데 제가 할 수 있는 게 없어서……."

또 설거지나 하겠지 싶었다. 게다가 세실리아가 앞치마를 두르고 주방으로 들이닥치자 해연은 자연스럽게 뒤로 물러섰다. 후추

사건 이후로 세실리아와 이야기를 나눠 본 적은 없지만, 굳이 따지자면 세실리아는 기피대상 3호에 가까웠다.

그래서 해연은 의도적으로 세실리아를 멀리 했다.

되도록 가까워지지 않으려고 했다.

"마르타. 여기, 사과 좀 잘라줘."

갑작스레 자신을 부르는 소리에 깜짝 놀란 해연이 얼른 다가가자 세실리아는 새빨간 사과를 내밀었다.

한여름에 보는 빨간 사과는 무척이나 탐스러워 보였다. 베이킹소다로 박박 닦았는지 껍질이 반짝거리기까지 했다. 그토록 먹음직스러운 사과를 내밀며 세실리아는 앙증맞은 목소리를 냈다.

"미안."

"네?"

"그때 후추 뒤집어써서 고생했지? 미안해."

사람의 마음은 정말 간사했다. 불과 몇 분 전까지만 해도 비호감이었던 세실리아가 귀여워 보이기까지 했다. 동시에 가슴 한 구석이 찡했다.

사랑이 많은 사람이 먼저 손을 내민다고 하지 않은가. 부모가 자식을 이기지 못하듯, 더 많이 사랑하는 자가 진다고 말하듯.

제 안의 사랑이 넘치는 사람은 사과와 용서에도 인색하지 않았다. 그래서 예수님은 항상 누구보다도 먼저 손을 내미셨다. 돌을 맞고 있는 여인을 지나치지 못했고, 땡볕의 우물가에서 사마리아 여인에게 먼저 말을 거셨고, 밤이 지나기 전에 자신을 배신할 걸 알면서도 제자들에게 빵을 나누어주신 분이었다.

그렇기에 돌을 맞던 여인도, 사마리아 여인도, 제자들도 회개하며 예수님께 향했다. 어쩌면 누군가 손을 내밀 때 그 손을 마주 잡는 것이 예수님께 향하는 한 걸음일지 몰랐다.

'나는 아직 먼저 손을 내밀진 못하지만.'

해연은 세실리아가 내민 사과를 두 손으로 감싸 쥐었다.

맨들맨들한 사과 껍질이 세실리아의 마음인 것처럼 느껴졌다. 껍질이 이토록 깨끗하고 뽀득거리려면 사과는 얼마나 많이 거센 물줄기를 맞아야 했을까. 그처럼 세실리아가 먼저 사과를 내밀기까지 그녀 안의 감정들이 얼마나 호되게 스스로에게 혼났을까.

"고마워요."

해연이 부끄러움을 담아 인사하자 세실리아가 툭툭 그녀의 어깨를 쳤다.

"오늘도 도와줘서 고마워."

세실리아의 거친 말투조차 이제는 시원스럽게 느껴졌다. 해연은 "선입견은 바람보다 강해서 배를 후진시키는 바다의 저류와 같다."라는 수녀님의 말씀을 떠올렸다. 어쩌면 그녀는 세실리아에 대한 선입견 때문에 관계에서 앞으로 나아가지 못하고 후진을 해왔는지 몰랐다. 여태 거꾸로 가고 있었던 모양이었다.

감사하게도 세실리아는 그런 해연의 배에 올라 앞으로 갈 수 있도록 함께 노를 저어준 것이었다. 그렇게 관계는 변한다. 용서는 함께해야 하는 것이다.

물론 세실리아의 주방 점령은 여전했다. 하지만 해연은 세실리아의 위압적인 목소리와 말투에 자모들이 끽소리 못하고 따른다고 생각했던 자신의 오해를 깨달았다. 누군가는 세실리아가 앞장 서 주니 편해서, 일부는 괜히 나서고 싶지 않아서, 나머지는 세실리아의 명령에 토를 달 일이 없어서였다.

해연 또한 시선을 달리 하니 세실리아가 시키는 일만 해서 편하고 좋았다. 괜히 자신이 어묵국을 잘 끓인다고 생각하고 나섰던 게 문제였던 것이었다. 누구보다 어묵국을 잘 끓인다고 생각하는 오만이 다른 사람을 시기하고 얕잡아 보게 했던 건지도 몰랐다. 그래서 예수님은 오만함을 벗으라고 그리도 강조하시는 모양이었다.

그날 저녁에 세실리아가 한여름 메뉴로 샤브샤브를 정한 탓에 더위로 헐떡거렸지만, 해연은 단 한마디도 불평의 소리를 내지 않았다. 그제야 후추 사건 때 자모들 입에서 왜 불평과 원망이 터져 나오지 않았는지 이해되었다.

사랑 때문이었다.

해연이 8월을 싫어했던 이유는 시조모의 제사 때문이었다. 매번 한여름에 전을 부치고 제사상을 차려야 하는 게 너무 고역이었다. 게다가 올해는 더위가 유난했다. 7월 말부터 체온보다 높은 온도를 찍은 온도계는 새벽이 되어도 35도 이하로 내려가지 않았다.

"너무 더워."

차라리 아침부터 저녁까지 어린이집에서 내내 있었던 때가 나았다. 아침 일찍 시원한 성당에 피신했다가 정오가 되자 시댁으로 가려고 햇볕 아래 선 해연은 아찔해졌다. 이 뜨거움을 뚫고 시댁으로 갈 자신이 없었다. 계단에 한 발 내딛었던 그녀는 손바닥이 끈적이게 땀이 차자 얼른 뒤돌았다. 그리고 빠르게 성물방으로 들어가며 울상을 지었다.

"더워 죽을 거 같아요. 시댁에 가기 너무 싫어요."

방금 나간 사람이 금방 땀을 뚝뚝 흘리며 들어오자 서현 엄마는 웃었다.

"이런 날 어떻게 전을 부치냐고요. 내가 부쳐질 판인데."

어떻게든 안 가고 싶은 마음에 온 몸이 비비 꼬일 정도였다. 서현 엄마 옆에 있는 의자에 털썩 앉던 해연은 핸드폰 진동음에 화들짝 놀랐다. 예상대로 시모의 전화였다. 그녀가 울상이 되자 서현 엄마가 안쓰럽다는 듯 보았다.

"여보세요……?"

억지로 떠밀리듯 전화를 받자 시모의 목소리가 까랑까랑하게 들렸다.

- 어멈아.

"네."

- 오늘 오지 마라.

"네?"

저도 모르게 새된 소리가 튀어나오자 해연은 얼른 목소리를 다듬었다.

"왜요?"

- 아버지께서 꿈자리가 안 좋았다고 하셔.

해연은 속으로 쾌재를 부르며 오른손 주먹을 불끈 쥐었다.

"어머, 아버님 꿈자리가요?"

- 그래. 꿈이 뒤숭숭해서 제사를 지내면 안 될 거 같다고 하신다.

"어휴, 그럼요. 좋은 마음으로 제사를 드려야죠."

- 그럼 그리 알고 아범한테도 전해라.

"네. 들어가세요."

전화를 끊자마자 해연은 방방 뛰었다.

방금 전까지 더위에 녹아내린 것처럼 축 늘어졌던 몸이 갑자기 가벼워진 것만 같았다. 이럴 때는 시부모가 미신을 믿는 게 다행이었다.

“무슨 일 있대요?”

서현 엄마가 호기심을 드러내며 묻자 해연은 헤죽 웃었다.

“시아버지 꿈자리가 안 좋았대요. 그래서 제사 안 지낸다네요.”

“그런 것도 있어요? 몸이 안 좋거나 병자가 있으면 제사 안 지
낸다는 말은 들었는데. 꿈이 안 좋아도 제사를 안 지내나 봐요?”

“그런가 봐요.”

해연도 잘 몰랐다.

“나야 땡큐죠. 더운데 전 안 부쳐도 되고, 땡볕에 지하철역까지
안 걸어가도 되고.”

이토록 행복할 수가 없었다.

“어제 기도를 열심히 해서 그런가?”

그렇게 혼잣말을 하는 해연에게 서현 엄마는 고개를 절래절래
흔들었다.

“제사 안 지내게 해달라고 기도했어요?”

“네. 너무너무너무 힘들다고. 시댁이 성당에 다시 나가서 제사
대신에 연미사 드리는 거로 퉁치게 해달라고 기도했어요.”

진짜로 성모상 앞에 무릎 꿇고 앉아 간절히 기도했었다. 시부모
가 이상한 절에 그만 다니게 해 달라고.

“15일은 성모승천대축일이니까 주일이 아니어도 꼭 미사 드려

야 해요."

서현 엄마가 몇 번이고 강조했기 때문에 해연은 잊지 않고 아침 일찍 성당에 갈 준비를 했다.

전날 밤늦게까지 일을 했기 때문에 공휴일 아침에 일어나려니 피곤하고 귀찮기도 했다. 그녀는 7월 중순부터 일주일에 4일씩 오후 4시부터 밤 10시까지 어린이집 근무를 시작했다. 목요일 하루는 예비자 교리 때문에 어쩔 수 없이 빠져야 했다.

처음에 근무일 조정이 안 된다는 소리를 듣고 해연은 고민을 했었다. 예비자 교리를 이제 반 이상 왔는데 그만두는 것도 아쉽고, 자신 때문에 교리시간과 요일을 바꾸어 달라고 하는 게 미안해서였다. 그렇다고 어렵게 구한 일자리를 포기할 수도 없었다. 그 어느 것도 포기하기 어려운 상황에 놓이자 그녀는 머리를 감싸며 괴로워했다.

"그럼 어린이집을 포기해."

정대는 고민하는 해연에게 너무 쉽고 단순하게 말했다.

"당신은 그게 쉬워? 일 나가면 민지 학원비를 벌 수 있는데."

"쉽지 않으니까 그걸 선택해야지. 쉬운 거, 좋은 거는 내가 원하는 거잖아. 그게 주님께서 바라는 일이 아닐 수도 있지. 그러니 믿고 맡겨 봐. 결국은 좋은 쪽으로 될 거야."

와, 무섭다.

갑자기 정대에게서 서현 엄마의 향기가 풍겼다.

언제 이렇게 온화한 사람이 되었는지도 의문이었다. 그는 무뚝뚝한 만큼 말투도 신경질적이고 권위적이었다. 그런데 불과 반년 사이에 그는 차분하게 권유를 할 줄 아는 사람으로 변했다. 그게 부럽기도 하고 신기했다.

"당신은 어떻게 그렇게 쉽게 믿어?"

"뭘?"

"하느님하고 예수님. 어떻게 믿어?"

"뭘 어떻게 믿어. 그냥 믿는 거지."

해연은 자신도 언젠가는 그냥 믿을 수 있게 될까 생각했다. 분명한 건, 그의 말이 하나도 틀리지 않았다는 사실이었다. 그녀가 어린이집 원장에게 솔직하게 사정을 밝혔더니 근무일을 조정해 준 것이었다. 덕분에 주 4일 근무를 하며 해연은 민지의 학원비도 벌고, 예비자 교리도 빠지지 않게 되었다.

"민지야. 너는 저녁 미사 갈 거지?"

머리를 산발한 채 방에서 나오는 민지에게 물으며 해연은 내심 웃었다. 머리를 풀어헤친 모습이 드라마에 나오는, 역모로 붙잡힌 대역죄인 같다고 속으로 빈정거렸던 때도 있었다. 하지만 지금은 부스스한 머리에 눈곱 낀 모습이 아이 같아서 귀여웠다.

"응. 오늘 예주가 같이 미사 드리러 온대."

예주는 민지의 단짝으로 함께 교회를 다녔던 아이였다. 해연은 예주네 가족이 모두 독실한 신자라 교회에서 활동도 많이 하는 거로 알고 있었다. 하물며 찬양 노래를 부르는 예주의 영상을 SNS에서 종종 보기도 했다.

"예주는 교회 다니지 않아?"

"응."

"그런데 미사를 드리러 온다고?"

그것도 성모승천대축일 미사였다. 개신교 신자들에게는 이단이고 사이비로 보일 수도 있는 거였다. 해연은 혹시라도 예주가 가톨릭에 대해 거부감을 가질까 걱정이 되었다. 물론 예주가 그럴 애는 아니었지만 미사를 드린 후, 민지에게 이단이나 사이비라며 따지면 어쩌나 싶었다.

하지만 민지는 문제없다는 듯 어깨를 으쓱했다.

"응. 예주가 궁금하대. 그리고 어차피 같은 하느님, 예수님 믿는 종교인데 무슨 상관이냐고 하던데?"

둘 중 하나였다. 예주가 종교적으로 해탈을 했거나, 민지가 매우 잘 설명했거나.

'뭐, 둘이 반씩 섞였을지도.'

불과 반년 전까지만 해도 해연의 눈에 마냥 철없고 부족해 보이던 딸이, 이제는 제법 의젓해 보였다. 해연은 민지의 헝클어진 머리를 손으로 쓱쓱 문지르며 칭찬했다.

"잘했어."

"내가 뭘."

"예주가 그렇게 생각하게끔 네가 노력했을 거 아냐."

그러자 민지가 머쓱한지 시선을 이리저리 돌렸다.

"노력까지는 아니고, 잘생긴 쌤 있으니까……."

그러고 보니 요즘 민지가 접두사 '개'를 쓰는 경우가 없었다.

"개잘생겼다더니, 개는 어디 갔어?"

"저번에 교리시간에 필리피서 3장 2절을 배웠거든."

필리피서 3장 2절이 무슨 말인지 기억 못하지만, 해연은 은근
슬쩍 아는 척했다.

"너, 뭔가 유식해 보인다."

"개들을 조심하십시오. 나쁜 일꾼들을 조심하십시오. 그러잖아."

'그게 무슨 말이야?'

성경에 갑자기 개가 왜 나오나 싶었다. 전혀 감도 잡을 수 없는
말이지만 해연은 태연히 고개를 끄덕였다.

"그치."

"옛날에는 개와 돼지를 부정한 동물로 여기기도 했대. 그래서
필리피 공동체에 해를 끼치는 사람들을 의미하는 말로 쓰인 거래.
그러면서 쌤이 개는 나쁜 의미의 단어인데, 왜 좋은 말에 붙여 쓰냐
고 하시더라고."

역시 성당에 다니길 잘했다. 교육적으로도 무척이나 훌륭했다. 해연이 백 번 이야기해봤자 민지가 콧등으로 들어 넘겼을 이야기였다. 그런데 잘생긴 선생님의 한마디로 사춘기 뿜뿜하는 민지의 말투가 바뀐 것이었다.

기분이 좋아진 해연은 지갑에서 만 원짜리를 꺼냈다.

"이따 미사 끝나고 카페에서 예주랑 맛있는 거 사먹어."

"엄마. 요즘 음료 한 잔이 6,000원 넘어."

그럼 두 잔이면 15,000원을 넘지 않을 테지만, 쪼잔하게 보일까봐 해연은 만 원짜리를 한 장 더 내밀었다. 그리고 2만 원이 아까워지기 전에 얼른 현관을 나섰다.

손에서 떠난 것에 미련을 두지 말아야 한다. 지나간 것을 돌이켜 생각해봤자 소용없기 때문이었다. 과거 때문에 오늘이 있을지언정, 과거가 미래까지 정할 수 없잖은가. 오직 현재에 충실하라는 가르침에 따라 해연은 제 손에서 떠난 2만 원에 미련을 두지 않았다.

'나 좀 멋있었다.'

그 뿌듯함 때문에 감사함이 들었다. 자신의 나아진 모습이 스스로에게 만족스러워서였다. 그 만족감은 하느님 덕분이라는 감사함을 불러일으켰다.

가까스로 미사시간에 늦지 않게 도착한 해연은 달려서 계단을 올랐다. 성모승천대축일 미사라서 그런지 대성전은 사람들로 꽉 차있었다. 그녀는 빈자리로 안내하는 레지오 단원에게 미소와 함께 고개 숙여 감사인사를 하고 사람들 속에 껴 앉았다.

"마르타."

허둥대며 미사포를 쓰던 해연은 옆에서 들리는 익숙한 목소리에 깜짝 놀랐다.

"글라라 언니?"

평일미사만 다니던 글라라를 의무미사에서 만나니 너무 반가웠다.

"미사 오셨네요?

"응. 성모승천대축일이라서 그런지, 그냥 생각이 나더라고."

"잘 하셨어요."

미사가 시작하자 그들은 더 이상 대화를 나눌 수 없었다.

다닥다닥 붙어 앉은 사람들로 인해 에어컨 바람은 소용이 없었다. 등줄기로 땀이 줄줄 흐르고, 앉았다 일어섰다 할 때마다 얼굴이 후끈했다. 그나마 강론시간에는 가만히 앉아있어 다행이었다.

"마리아님께선 두려움을 견디고 예수님을 잉태하셨고, 예수님의 죽음을 지켜보는 고통을 견뎌내셨죠. 성모승천은 그리스도 안에서 산 모든 사람이 누리게 될 구원의 영광을 미리 보여주는 표지

입니다. 구원과 희망의 메시지인 거죠."

준욱 엄마와의 설전 이후, 해연은 성모 마리아 이야기만 나오면 신경이 바짝 곤두섰다. 다시 또 그런 일이 생겼을 때 따발총처럼 입에서 나올 말을 장전하기 위해서였다. 그래서 눈을 부릅뜨며 듣던 해연은 견뎌냄에 대한 강론이 이어지자 가슴이 뭉클해졌다.

"우리는 살면서 무언가를 견뎌야 하는 시간, 무엇인가 겪어야 할 시간들을 만나게 돼요. 그 순간들을 충실히 견디고 겪어내는 것을 하느님께서는 좋아하십니다. 꺾이고 돌아서는 것을 바라지 않으십니다. 견디고 겪어내십시오. 꺾이지만 마십시오."

하느님의 뜻에서 꺾이고, 하느님으로부터 돌아서는 것.

그건 죄의 길로 빠지는 것을 의미했다. 반대로 하느님의 뜻으로 꺾이고, 하느님에게로 돌아서는 것이 회개였다. 바오로 사도의 말처럼 우리는 주님만을 바라보고 달려야 했다. 그게 믿음이었다.

주님의 기도를 올리며 글라라가 하염없이 눈물을 흘리자 해연은 글라라가 회개의 길로 돌아섰음을 알았다.

"주님의 기도를 드리는데……."

미사가 끝난 후, 한 차례 폭풍처럼 사람들이 몰아치고 빠져나간 성물방에서 글라라는 말했다.

"'저희 죄를 용서하시고'라고 하잖아."

그러면서 다시금 울컥하는지 글라라는 눈물을 주륵 흘렸다.

168

“하느님께선 나를 용서해주시는데, 내가 뭐라고 전남편을 용서
못하는지. 내 죄가 얼마나 큰데…….”

자신을 낮추면 용서가 쉽다는 말이 옳았다.

“그럼에도 용서할 수 없는 마음이 제 안에 있는 게 화도 나고,
하느님께 죄송스럽기도 하고……. 나를 이렇게 죄인으로 만드는
전남편이 정말 미워서…….”

그러고도 남았다.

외도로 부부간의 신뢰를 박살내고, 이혼까지 한 전남편을 금방
용서할 수 있을 리가 없었다. 당연한 거라서 해연은 어쩔 줄 몰라
했다. 차마 그래도 용서하라고, 예수님께선 용서하라고 하셨다고
할 수가 없기 때문이었다. 그래서는 안 될 거 같았다.

“전남편이 불행해졌으면 좋겠어. 밉고 원망스러워서 자꾸만 그
사람을 저주하게 돼. 이러면 안 되는데…….”

눈물을 쏟아내는 글라라에게 해연은 뭐라 해야 할지 막막하기
만 했다. 이럴 때가 가장 어려웠다. 위로를 건네고 하느님의 말씀으
로 조언해주고 싶은데, 머릿속에 떠오르는 말이 없었다. 어째서 자
신은 그런 재능이 없을까 생각도 들었다. 결국 그녀는 글라라가 눈
물을 멈출 때까지 입도 벙긋하지 못했다.

“또 이랬네.”

한참을 울고 난 뒤, 글라라는 새빨개진 눈가에 웃음을 담으며

민망함을 감추려 했다.

"고마워."

마침내 글라라가 성물방을 나서자 해연은 서현 엄마에게 투덜 댔다.

"난 왜 위로도 못 할까요. 뭔가 힘이 되는 말을 해주고 싶었는 데, 한마디도 할 수 없고. 난 말주변에 재능이 없나 봐요."

"내가 볼 땐 재능이 넘치는데요."

"내가요? 에이, 무슨 재능이요."

"침묵해야 할 때 입을 다무는 재능이요. 보통 사람들은 힘이 되 는 말을 해주고 싶은 마음을 이기지 못하고 한마디 하거든요. 참아 야 하는데 못 참는 경우가 대부분이에요."

또 이런다. 이렇게 의미심장한 말로 서현 엄마는 사람을 뒤흔들 었다.

"그렇게 참는 게 가장 힘든 거예요. 내가 하고 싶은 거, 먹고 싶 은 거, 말하고 싶은 거를 참는 건 아무나 할 수 있는 게 아니죠. 그게 재능이 아니면 뭐겠어요?"

말주변 없는 게 재능이라는 말을 듣다니, 너무 고마운 만큼 민 망하기도 했다. 이렇게 사람을 기분 좋게 해줄 수 있는 능력을 지닌 서현 엄마가 새삼 대단했다. 이런 모습을 지니기 위해 서현 엄마는 얼마나 많은 아픔을 제 안에서 갈고 닦아야 했을까. 단지 믿음의 힘만으로도 이렇게 온전한 사람으로 바뀔 수 있을까. 노력 없이는 절대 가질 수 없는 것이리라.

"어느 수녀님께서 내가 미움을 참는 걸 사랑이라고 하고, 내가 나를 참는 걸 희망이라고 하고, 내가 보이지 않는 예수님을 기다리며 참는 걸 믿음이라 한다는 말을 하셨죠."

정말이지 가톨릭 사제와 수도자들의 입에서 나오는 말은 모두 받아 적어놔야 한다.

"와, 진짜. 어떻게 그런 말을 할 수 있죠? 명언 제조기 아니에요? 입술에 AI가 달렸나?"

감탄을 담아 중얼거리자 서현 엄마가 오랜만에 소리 내어 웃었다.

해연은 진심이었다. 사제들과 수녀들의 명언을 모아서 하나의 책으로 내도 베스트셀러가 될 것 같았다. 그들은 매번 감동할 수밖에 없는 말들을 하는데, 가톨릭 신자들만 듣기에는 아까웠다.

"아니, 맞잖아요. 어떻게 그렇게 심금을 울리는 말들을 해대는지. 대체 그분들 마음속에 뭐가 들었을까요."

"뭐겠어요?"

동시에 어디선가 오래 전 광고 음악이 들리는 것 같았다.

말~하지 않아도 알~아요.

7

내 안의 마르타와 마리아

9월 둘째 주 주일이었다.

갑작스레 시모가 집으로 들이닥쳤다.

"어머니, 무슨 일이세요?"

정대도 사전에 연락을 못 받은 모양인지 잠옷 바람으로 놀라서 현관으로 뛰어나왔다. 그러자 해연과 정대를 밀치며 시모가 집안으로 들어오며 대뜸 명령했다.

"너희, 성당 그만 나가라."

"네? 왜요?"

"그만 나가라면, 그만 나가."

고집스럽게 말하는 시모를 마주하며 해연은 등줄기에 한기를 느꼈다.

시모의 눈빛이 예사롭지 않았기 때문이었다. 말을 안 들으면 홧김에 뭔 짓을 할지 자신도 모르겠다는 막무가내의 기운도 펄펄 풍겼다. 표정만 봐서는 도저히 말이 통하지 않는 상태가 확실했다.

"무슨 일이세요?"

얼른 시원한 음료를 따라 내밀며 묻자 시모의 눈동자가 번득거렸다.

"너희 아버지께서 절에 안 가시겠단다."

"네?"

해연과 정대가 동시에 목소리를 높여 묻자 시모가 단번에 컵을 비우고는 식탁에 내려놓았다.

"요즘 계속 꿈자리가 뒤숭숭하다면서, 집밖에 한 발자국도 안 나가시지 뭐니."

"어디 편찮으신 건 아니세요?"

"식사도 잘 하시고, 집에서 앉았다 일어났다 운동도 하시고, 멀쩡하셔."

시부는 워낙에 활동적인 성격이라 거의 잠시도 집에 있지 않았다. 그러던 사람이 집밖에 한 발자국도 나가질 않는다니, 이상한 일이긴 했다. 그때 정대가 슬쩍 시간을 확인하더니 해연에게 눈짓을 했다. 미사에 늦지 않으려면 십 분 안에 집에서 나가야 했다. 하지만 성당에 다니지 말라고 하는 시모를 놔두고 미사 시간에 맞춰 간다는 건 톰 크루즈가 와도 불가능했다. 말 그대로 미션 임파서블이다.

해연은 포기하라는 듯 그에게 턱을 들어 올리며, 눈빛으로 시모부터 달래라는 말을 던졌다. 그러자 정대가 길게 한숨을 쉬고는 퉁명스레 물었다.

"대체 무슨 꿈을 꾸시는데 그러신대요?"

"어떤 여자가 자꾸 꿈에 나오는데, 아무래도 절에서 귀신이 붙어온 거 같다고 난리신다."

"귀신이요?"

해연이 저도 모르게 높아진 음성으로 묻자 시모의 눈이 가늘어졌다.

"너희 때문이잖니."

"네? 저희요?"

얼토당토않은 이야기에 다시금 해연의 목소리가 높아졌다. 정대도 어이없는지 버럭 소리를 질렀다.

"어머니! 저희가 뭘 어쨌다고 이러세요?"

"이거 봐라. 나한테 한 번도 역정 낸 적 없는 애가 이렇게 변하고……."

시모는 서럽게 흐느끼며 말을 잇지 못했다. 입술을 떨며 어깨를 들썩이는 시모를 보니 해연은 마음이 안 좋았다. 여러 면에서 대립하고 어려운 사람이지만, 결혼하고 19년 동안이나 시어머니로 모신 분이었다. 미운 정 고운 정 다 들고도 남은 시간이었다. 애틋함이 밀려들자 해연은 시모의 어깨를 감싸 안았다. 정대도 자신이 욱하는 성질을 부린 걸 후회하며 얼른 사과를 했다.

"어머니, 죄송해요."

"내가, 요즘 사는 게 사는 게 아냐. 내 평생을 남편이랑 자식 보고 살았는데, 남은 게 없어. 내가 왜 이렇게 되었니. 다 너희 잘 되라고 하는 건데 미움만 받고……."

"누가 미워해요. 어머니, 아니에요."

"어멈아. 내가 살면 얼마나 더 살겠니? 나 잘 되자고 이러는 거 아니잖니. 제발 성당 그만 나가. 이러다 네 아버지도, 정대도 다 죽겠다."

목구멍까지 치밀어 오르던 안쓰러움은 시모의 마지막 말에 빠르게 식어버렸다. 그건 정대도 마찬가지인 모양이었다. 한껏 줄어들었던 그의 목소리에 다시금 힘이 들어갔다.

"어머니. 제발 그런 이상한 생각 좀 그만 하세요. 제가 죽길 바라시는 것도 아니고."

"무슨 소릴 그렇게 하니! 너, 천벌 받는다. 엄마한테 이러면 천벌 받아."

해연은 왜 갑자기 시모의 입에서 천벌이 튀어나오는지 이해할 수가 없었다. 논리라고는 눈곱만치도 없는 시모를 위로하고 싶은 마음도 싹 사라졌다. 시모는 항상 이런 식이었다. 강압적이고 막무가내로 몰아붙이다가 자기 의견이 무시당한다 싶으면 감정적으로 변했다. 문제는 그 감정에 호소력이 전혀 없다는 것이었다.

마냐가는 중3의 눈엔 더 그렇게 보였을 수도 있었나.

"할머니! 우리 아빠가 천벌 받았으면 좋겠어요?"

방에서 뛰쳐나오며 소리치는 민지의 머리가 방금 주리가 틀린 대역죄인처럼 난장판이었다. 얼굴로 쏟아져 내린 머리카락 사이로 흉흉하게 빛나는 눈동자가 허옇게 보여서 무척이나 기괴했다.

"어마나! 저 괴물은 뭐야!"

민지를 본 시모가 화들짝 놀라며 소리치자 민지의 눈동자가 더 허옇게 변했다.

"할머니!"

"뭐야? 민지야?"

이후 집안은 아비귀환이 되었다. 오랜만에 바락바락 대드는 민지와 뒷덜미 잡고 쓰러지는 시모, 두 사람 사이에서 고함을 내지르는 정대로 인해 난장판이 되었다.

'이게 지옥이지, 다른 게 지옥이야?'

평화라고는 눈곱만치도 없는 주일이 무척이나 낯설었다. 생각해보면 정대가 교통사고를 당하기 전에는 이게 당연했었다. 일요일 아침에 미친 사람처럼 산발을 하고 방에서 나오는 민지, 잔소리

해대는 해연, 역정부터 내는 정대가 일상의 조각이었다.

'내가 그 지옥 속에서 살았었구나.'

지옥에서 사는 사람은 그 속에서 빠져나오기 전에는 자신이 얼마나 깊은 어둠 속에 있었는지 깨닫지 못하는 법이었다. 해연은 너무나 당연하고 평범하다고 생각했던 나날들이 돌이켜 보니 암울한 시간들이었음을 알게 되었다.

그에 비해 일찍 일어나 성당에 갈 준비를 하고, 미사에 참례하며 좋은 말씀을 듣고, 가족이 모여 앉아 점심을 먹고, 청년·청소년 미사에 가는 민지를 배웅하는 일요일이 얼마나 행복한가.

'너희는 빛 속으로 나아가라, 하셨지.'

해연은 과거의 어두웠던 때로 돌아갈 마음이 조금도 없었다. 절대 어둠 속으로 돌아가고 싶지 않았다.

"어머니. 저희, 성당 계속 다닐 거예요."

그녀가 힘을 줘서 말하자 난리 부르스였던 집안이 조용해졌다. 서로에게 악을 지르던 시모와 정대, 민지가 동시에 입을 다물었기 때문이었다. 놀라움이 가득한 그 침묵 속에서 해연은 다시금 말했다.

"성당, 다닐 거예요. 저희는 성당 다니고 정말 좋아졌어요. 일요일 아침이 평안하고, 매일이 기쁘고 감사해요. 그이도 민지도 그래서 지금 어머니께 화내는 거예요. 성당 계속 다니고 싶어서요."

시모가 바닥으로 털썩 주저앉자 해연은 한마디를 덧붙였다.

"어머님도 이제 절에 그만 가시고 성당 다니세요."

그러면 시모도 이 평화를 알게 될 게 분명했다.

성체를 모시지 못하는 해연과 글라라는 항상 나란히 앉았다.

해연은 교적은 옮기지 않았지만, 매주 주일미사를 함께 드리는 글라라가 자신과 함께 성체를 모시지 않는 게 의아했다. 그녀는 미사가 끝나고 주변이 어수선한 틈을 타서 질문을 던졌다.

"언니는 왜 고해성사를 안 봐요?"

그러자 글라라가 고해소 쪽을 힐끗 보더니 목소리를 낮췄다.

"자신이 없어서."

"고해성사 보는 게요?"

"아니, 죄를 다시 짓지 않을 자신이 없어. 고해를 보면 전남편을 미워하지 말아야 하는데, 난 솔직히 그럴 자신도, 마음도 없거든."

해연은 아직 고해성사를 본 적이 없었다. 그래서인지 죄를 용서받는다는 개념이 크게 마음에 와닿지 않았다. 스스로 죄인이라고 생각하지만, 그 죄를 누군가에게 용서를 받을 수 있다는 점이 신기하기도 했다. 그 누군가가 하느님이라서 더 그랬다. 존재를 확신할 수 없는 대상으로부터 잘못을 용서받는다니, 너무 막연했다.

"근데 고해성사를 볼 때, 어디부터 어디까지 고백해야 해요?

저는 고해성사를 하루 종일 봐도 부족할 거 같은데요."

태어나서 지금까지 지은 죄를 생각하면 끝도 없을 거 같았다. 어렸을 때 거짓말 한 거부터 최근에 시모의 마음을 아프게 한 것까지 제 안에서 헤집어내면 이루 말할 수 없었다.

"죄가 많다고 생각하는 것부터가 회개를 시작했다는 뜻이야."

그런가 싶어서 해연은 고개를 갸웃거렸다.

"난 더 많은 죄를 지었을 텐데, 맨날 전남편 욕한 거 밖에 생각이 안 나. 고해성사는 내 안의 것을 비우는 일이라는데, 난 전남편을 향한 미움을 버리지 못해서 고해성사를 못 보겠어."

해연의 눈에도 글라라의 마음은 오로지 전남편으로 꽉 차있는 거로 보였다. 그게 애증인지, 미움인지, 미련인지 분간되지 않지만 글라라의 마음에는 예수님이 들어갈 자리가 없어 보였다. 문득 믿음은 하루아침에 채워지는 게 아니라는 말이 떠올랐다. 그렇다면 애증일지, 미움일지, 미련일지 모르는 글라라의 마음도 하루아침에 사라지진 않을 터였다.

"에이. 어릴 적부터 치면 제가 훨씬 더 죄가 많을 걸요."

해연이 분위기를 바꾸려고 가볍게 말을 던지자 글라라는 잠시 침묵하더니 소리 죽여 웃었다.

"설마, 애기 때 죄까지 다 고해성사 보려고?"

"생각나는 건 다 고백하는 거 아니었어요?"

"세례를 받을 때, 그 전에 지었던 죄는 모두 깨끗해지는 거야."

갑자기 사이다 한 컵을 원샷한 것 같은 기분이 들었다. 가슴이 시원해지면서도 탄산가스로 인해 부글거리는 속이 몹시 거북한 기분이었다. 지금까지의 죄를 모두 한 번에 용서받을 수 있다는 점은 너무 고마운데, 그렇게 아무 것도 모른 상태에서 용서받아도 되나 싶어서였다. 한편으로는 로또에 당첨된 기분이기도 했다. 공짜로 엄청난 걸 받은 느낌이었다. 이런 행운이 다 있나 할 정도로 기뻤다.

"완전 대박인데요."

"그러니까 세례가 은총의 성사라는 거지. 살면서 그런 행운은 두 번 다시 없을 걸."

해연은 그냥 예비자 교리를 받고, 12월 둘째 주 주일에 세례를 받으면 완전한 가톨릭 신자가 되는 거라고만 생각했었다.

그런데 그날이 일생에서 가장 큰 행운의 날이라는 사실을 알게 되자 어쩐지 가슴이 벅차올랐다. 눈에 띄는 돌을 주웠을 뿐인데, 그게 세상에서 가장 값진 보석이었다는 사실을 알게 된 것 같았다. 그녀는 일주일에 한 번씩 꼭 참석해야 하는 예비자 교리가 이제 곧 끝난다고만 생각했었다. 의무를 다하는 것에 집중해왔다. 그런데 그 끝에 이렇게 기쁜 선물이 있을 줄이야.

해연이 생각에 잠기자 글라라가 매일미사 책의 표지를 손으로 어루만지며 중얼거렸다.

"벌써 순교자 성월이네."

해연에게 순교자 성월은 별 의미가 없었다. 아주 오래 전의 조상들이 하느님을 믿기 위해 목숨을 걸어야 했다는 것도 지나간 일이라고 치부했었다. 하지만 그들이 왜 그렇게 목숨을 바쳐가며 세례 받으려 했는지, 세례를 받은 후 죄를 짓지 않으려 했는지, 이제는 어렴풋이 알 것 같았다.

깨끗하게 빨아 하얘진 옷에 얼룩이 묻는 걸 피하듯이, 세례 때의 상태를 지키고 싶었으리라. 그렇기에 글라라는 고해성사를 볼 수 없는 것이었다. 깨끗해진 마음이 금방 다시 얼룩지는 게 두렵고 싫어서.

"이제 성물방에 사람이 없겠죠?"

일부러 늦장 부리던 두 사람이 성물방으로 내려가자 안젤라가 보였다. 그러자 글라라가 해연의 팔을 툭 건드리더니 자신은 집에 가겠다는 손짓을 했다. 해연이 손인사를 하고 성물방으로 들어가자 안젤라의 푸념이 들렸다.

"이놈의 알고리즘. 내가 진짜, 진짜 안 보려고 했거든요? 근데 자꾸 알고리즘에 뜨는 거예요."

뭐가 뜨기에 저리 난리인가 싶었지만, 끼어들기 애매해서 해연은 가만히 듣기만 했다.

"내가 안나 언니 얘기 듣고 그런 거 안 보려고 고해성사도 봤잖아요. 근데 기가 막힌 게, 고해성사 보고 집에 가서 유투브 열었더니 또 알고리즘에 뜨는 거예요. 진짜 안 보려고 했는데, 나도 모르게 눌러서 보게 되는 거 있죠? 죄 짓는 기분으로 그걸 보는 내가 너무 싫어요."

이쯤 되니 대체 무엇이 죄를 짓는 기분을 들게 하고, 그런 기분을 느끼면서까지 유혹을 못 참고 계속 보게 되는지 너무 궁금했다. 동시에 해연의 머릿속에 온갖 나쁜 것들이 둥둥 떠올랐다. 결국 그녀는 제 머릿속에 더 심한 것들이 떠오르기 전에 얼른 질문했다.

"뭘 보는데요?"

"오늘의 운세, 사주팔자, 타로점."

해연은 웃음이 빵 터졌다.

그녀의 기준에서 전혀 죄가 되지 않는 것들이기 때문이었다. 해연은 원래부터가 그런 거에 관심이 없는 사람이지만, 어린이집 선생님 중에서도 오늘의 운세에 예민하게 반응하는 사람이 있었다. 그만큼 누구나 심심풀이로 볼 수 있는 거였다.

"난 또 이상한 건 줄 알았네요. 그냥 재미로 볼 수 있는 거잖아요."

해연의 말에 안젤라가 펄쩍 뛰었다.

"큰일 날 소리. 우린 성당 다니는 사람인데, 그런 건 재미로도 보면 안 되죠."

"그래요? 보면 안 되는 거예요?"

그러자 서현 엄마가 커피를 내밀며 답했다.

"그럼요. 찾아본다는 건 관심이 있는 거니까요. 가톨릭은 그런 미신행위를 멀리하라고 권유하고 있어요."

"근데 알고리즘에 뜨는 거잖아요. 찾아보는 게 아니니까 괜찮지 않아요?"

"그냥 넘길 수 있는데 그걸 클릭해서 시청하는 건 찾아보는 것과 다르지 않죠."

"좀 빡쎄네요."

그렇게까지 지켜야 하는 건가 싶었다. 세상에 얼마나 큰 죄들이 많은데, 이런 사소한 것까지 죄책감을 느껴야 하나 싶은, 삐딱한 마음도 들었다.

"그냥 시간 때우기로, 하루 운세가 어떤가 하고 보는 것도 안 되는 거예요?"

해연은 저도 모르게 따지듯 물었다. 그러자 안젤라가 딱 잘라 답했다.

"안 돼요. 하루 운세가 어떤가 하고 본다는 거 자체가 그걸 믿는다는 거잖아요. 그게 미신행위라는 거예요."

"어……."

듣고 보니 맞는 말이었다.

해연이 대답을 못하고 눈만 껌벅거리자 안젤라가 한숨을 푹 쉬었다.

"물론 나도 믿는 건 아닌데, 그게 다 맞는 게 아니라는 것도 아는데, 알고리즘에 뜨는 영상을 그냥 지나치지 못하는 게 문제예요."

"무시하고 넘기기 쉽지 않죠. 무의식적으로 영상을 누르다가 그냥 보게 될 수도 있고……."

서현 엄마까지 공감을 표하자 안젤라는 연신 한숨을 푹푹 쉬었다.

"제 말이요. 안 보려고 하는데, 보이면 또 계속 보고 있고. 어떡하죠?"

순간, 해연의 머릿속에 '악의 유혹에 빠지지 않게 하시고'라는 주의 기도문이 떠올랐다.

"주님의 기도를 바치는 건 어떨까요?"

"주님의 기도요?"

"알고리즘에 뜨는 걸 클릭하거나, 클릭하려고 할 때, 주님의 기도를 바치면 좋을 거 같아요."

해연의 제안에 두 사람의 눈이 번쩍거렸다.

"오. 그거, 좋은 생각 같아요."

"진짜 괜찮은 생각이에요."

두 사람의 호응에 해연은 어깨가 으쓱해졌다.

스스로 생각해도 꽤 괜찮은 방법이었다. 자신의 의지로 악을 피할 수 없다면, 가장 강력한 아군인 하느님께 의지하면 되는 게 아닌가. 순간 해연은 자신이 하느님을 '내 편'으로 생각하고 있음을 깨닫고 깜짝 놀랐다.

어느새.

하느님이 제 안에 계셨다.

10월을 며칠 앞둔 아침, 해연이 핸드폰을 들여다봤다, 달력을 봤다 하자 정대가 슬그머니 물었다.

"뭐 해?"

"자모회에서 성지순례를 간다는데, 날짜 보느라."

"어디로 가는데?"

"서울 내에 있는 순례지 코스가 있다는데? 아침에 출발해서 퇴근시간 전에 돌아올 수 있다니까, 한 번 가볼까 해서."

자모회에서는 총 세 팀으로 나뉘어 출발한다고 했다.

무릎 관절이 안 좋은 자모들과 함께 차로 이동하는 두 팀과 하루 종일 도보로 이동하는 한 팀으로 이루어져 있었다. 해연은 편하게 차로 이동하는 팀에 끼려 했는데, 도보로 이동하는 팀에 인원이 너무 없어서 망설이던 중이었다. 자칫하면 인솔자로 나선 자모회장 혼자 가게 될 판이라 자신이라도 껴야 하지 않을까 해서였다.

"하루 종일 걸어 다니려면 힘들겠지?"

"그래봤자 서울 안이잖아. 그냥 나들이 겸 다녀봐."

"그럴까?"

10월의 가을 날씨를 만끽하며 걸어 다니는 깃도 나쁘지 않을 듯했다. 게다가 코스가 가회동 성당부터 광화문을 지나 서소문역사박물관으로 이어졌다. 구경거리가 꽤 있을 것 같았다. 가을 소풍처럼 걸어 다니며 구경하고 자모들과 친분을 쌓기에 정말 좋은 기회였다.

그래서 해연은 아침 8시에 지하철역에서 자모들을 기다리며 들떴다.

"어? 분과장님도 같이 가세요?"

테메트리아 자모회장과 함께 오 마르타 청소년분과장이 지하철역에 나타나자 해연은 깜짝 놀랐다.

"제가 괜히 같이 가고 싶다고 한 건지 모르겠네요."

"아니에요. 저희야 같이 가주시면 좋죠."

하하호호 웃으며 모인 사람은 총 다섯 명이었다. 해연은 서현엄마가 성물방을 지켜야 해서 동행하지 못해 아쉬웠다. 하지만 평소 인사만 나누던 사람들과 친해질 기회라 생각하고 그들과 함께 웃으며 지하철에 올랐다.

그렇게 지하철과 마을버스로 이동해 가회동 성당에 도착하자 미사 시작 2분 전이었다.

"와, 아슬아슬했네요."

숨을 헐떡이며 미사를 드리고 나자 그제야 성당이 눈에 들어왔다. 아담한 느낌이 드는 본당 내부를 시선으로 훑으며 해연은 종교의 위대함을 느꼈다. 역사를 품은 믿음은 거룩함을 지니고 있었다. 성전의 숨결이 달랐다. 봄날의 아지랑이처럼 현란하지도, 여름의 햇볕처럼 뜨겁지도 않았다. 가을의 낙엽처럼 처참하지도, 겨울의 눈처럼 고고하지도 않았다. 해연은 그 은근한 숨결이 좋았다.

평화를 주노라.

제 안으로 들어오는 숨결이 그렇게 말하는 듯했다.

사람들하고 같이 계단을 내려가니 성모상과 전통기와가 눈에 띄는 정자(亭子)가 보였다.

"우리, 여기서 묵주기도 바치고 갈까요?"

오 마르타의 제안에 성모상 앞에 다들 일렬로 앉아 묵주기도를 드리는데, 어디선가 바람이 솔솔 불어왔다. 잔잔하게 들리는 자모들의 목소리와 은근한 바람, 따스한 햇살이 내리쬐는 성당 마당.

여긴 천국이다.

'남편이 노래하던 천사를 만난 곳이 여기구나!'

지금 이 순간에는 세상사가 다 마음에 없었다.

그렇게 묵주기도를 끝내고 길거리에서 떡볶이도 사먹으며 순

레길을 따라 걷던 해연은 어쩌다 보니 오 마르타와 나란히 걷게 되었다.

"분과장님은 오 마르타 세례명이 잘 어울리시는 거 같아요. 저는 송 미르티라서 좀 이상한데."

"송 마르타가 어때서요."

해연은 문득 처음에 자신이 '말을 타'로 알아들었던 걸 떠올리며 웃었다.

"저, 처음에 마르타가 말을 타라는 말로 들었어요. 지금 생각하니까 웃기네요."

그때 정대와 서현 엄마가 숨이 넘어가게 웃었던 걸 떠올리니 더 웃음이 나왔다. 그러자 오 마르타가 물결처럼 잔잔하게 흐르는 웃음과 함께 말했다.

"하하, 진짜 재미있네요. 근데 예비자가 이렇게 활발하게 활동하긴 어려운데, 송 마르타님은 정말 잘하고 계세요."

칭찬은 언제나 듣기 좋았다.

"감사합니다. 앞으로도 열심히 할게요."

"일꾼 마르타가 되는 건 정말 어려운 일이에요. 근데 꼭 마르타의 길만 걸을 필요는 없어요."

무슨 말인지 알쏭달쏭했다.

해연이 못 알아듣자 오 마르타는 웃으며 설명을 이었다.

"육체적 노동의 봉사도 중요하지만, 이렇게 성지순례 같이 내면을 예수님으로 채우는 봉사도 중요하다는 말이에요. 내 안에 마르타와 마리아가 균형 잡혀야 오랫동안 봉사활동을 할 수 있어요."

"분과장님은 봉사활동 오래 하셨어요?"

"어쩌다 보니 처녀적부터 한 거 같아요. 결혼하고 그만둘 뻔했는데, 계속하게 되더라고요. 신부님께서 분과장 맡으라고 하시는데, 하기 싫어서 도망 다니기도 했어요."

확실히 무슨 직책을 맡는 건 무척이나 부담스러울 듯했다.

"내가 뭐라고 분과장까지 하나, 내 능력은 안 되는데, 그런 생각하면서 못하겠다며 도망치다가 필리피서 2장 14절을 보게 되었어요."

해연은 나중에 필리피서 2장 14절을 찾아봐야겠다고 생각하며 열심히 머릿속에서 되뇌었다. 혹시라도 잊어버릴까 봐 핸드폰에 적어놓고 싶은데, 걸어가며 대화중이라 핸드폰을 꺼낼 수가 없었다. 해연이 속으로 열심히 '필리피서 2장 14절'을 외우는 동안 오마르타는 말했다.

"그래서 하긴 하는데, 여전히 많이 부족하죠. 분과장이라는 자리가 정말 나한테 과분하고요. 그래도 맡았으니 최선을 다해야죠."

"저는 잘 모르지만, 지금까지 분과장님을 나쁘게 말하는 사람은 한 명도 못 봤어요."

사실이었다.

성물방에 있어보니 은근히 사람들끼리 서로 뒷말이 많았다. 누가 어쨌네, 뭐랬네 하는 이야기들 대부분은 부정적인 느낌이 강했다.

그런데 청소년분과장 오 마르타에 대해서는 모두가 긍정적으로 말을 했다. 해연이 보기에도 오 마르타는 매사에 최선을 다하는 사람이었다. 자신 안에서 마리아와 마르타의 균형을 맞추어야 하는 말이 정확하게 무엇을 의미하는지 몰라도 오 마르타는 맞추고도 남을 사람이었다. 외적 내적으로 무척으로 견고한 믿음을 지닌 사람의 표본이라고 느껴졌다.

쪄죽을 것 같은 7, 8월에 초등부와 중고등부, 복사단까지 세 번의 캠프를 모두 따라다니며 잡일을 하던 오 마르타를 떠올리니 저절로 존경심이 일었다. 이런 사람을 욕하려면 입술이 어지간히 더럽지 않고서는 힘들다. 누군가를 험담하려거든 내 입이 얼마나 더러운지 생각해봐야 했다.

'그 사람의 행실보다 깨끗하다고 생각한다면, 뭐, 조금쯤은 해도 되지 않을까?'

도시 한복판, 가을의 순례길은 의외로 많은 것을 느끼게 해주었다. 물론 순례지에 있는 비석을 보며 해연은 공부하는 건 체질에 안 맞음을 다시금 깨달았다.

해연은 10월이 막바지로 접어들자 새삼 세례일이 얼마 안 남았음이 떠올랐다. 3월에 처음으로 성당에 발을 디딘 후, 지금까지 너무 많은 변화가 일어났다. 그 중 하나가 시댁이었다. 시부가 갑자기 절에 안 간다고 주장을 하는 바람에 시모가 황혼이혼을 하네 마네 했던 것이었다.

그 소식에 정대가 가장 펄쩍 뛰었다.

"어머니, 대체 왜 그러세요?"

"난 네 아버지랑 도저히 같이 못 살겠다. 내가 평생을 자기 뒷바라지 하며 살았는데 어떻게 나한테 이러니?"

"대체 아버지께서 뭘 어쩌셨는데요?"

"같이 절에 안 다닌다고 고집을 부리시잖니."

가만 보면 시모는 절에 안 가면 죽는 줄 아는 듯했다.

"어머니, 절엔 왜 가시는데요?"

"그야, 정대가 죽지 않게 하려고 가지."

시모는 그 말에 어폐가 심하다는 걸 의식하지 못한 듯했다.

정대는 답답한 듯 숨을 크게 들이키고는 차분하게 입을 열었다. 확실히 그가 예전에 비해 욱하는 성질이 많이 죽었다. 8개월 만에 사람이 이렇게 온화해질 수 있다는 건 기적에 가까웠다.

"어머니, 어떤 종교든 그런 이유로 믿어선 안 돼요. 돈 잘 벌게 해준다, 죽지 않게 해준다하는 종교는 잘못된 거예요. 사이비에요."

"그럼 너는 왜 성당 다니니?"

"평화를 위해서요. 제 마음이 평화롭고, 우리 집이 평화롭고, 제가 다니는 회사가 평화로워지니까요."

해연은 저도 모르게 기립박수를 칠 뻔했다. 물개처럼 벌떡 일어서서 빠르게 손을 마주치며 환호성을 내지르고 싶은 충동을 참으며 해연은 자랑스러움을 가득 담아 남편을 보았다. 그 순간, 남편의 눈에도 자신과 똑같은 사랑이 담겨있음을 알았다.

서로가 이렇게 사랑이 가득한 시선으로 마주 본 게 언제인지 까마득했다. 함께 20년 가까이 살아오며 이제는 사랑보단 의리에 가깝다고 서로 농담을 주고받았었다. 그런데 아직 사랑이다. 그의 말대로 우리 집, 우리 가정에 평화가 가득하다는 증거였다.

생각해보니 이토록 적극적으로 남편을 지지한 적이 있었던가. 내 편이 아니라고 맨날 불만만 가졌었는데, 정작 자신은 그의 편이 되어준 적이 없었음을 깨달았다. 아침에 출근할 때, 오늘도 수고하라고, 우리 가정을 위해 노력해줘서 고맙다고 한마디 해줄 걸 그랬다. 밤늦게 술에 취해 들어오면, 오늘도 고생 많았다고, 사랑한다고 말해줄 걸 그랬다.

그가 아침 일찍 출근하는 게 당연하다는 듯이 내보내고, 술 마시고 들어온 그가 꼴 보기 싫다고 돌아누웠던 날들이 미안해졌다. 그렇게 지내온 시간들이 아쉽지만, 앞으로 남은 나날이 많으니 괜찮았다.

시모를 시댁에 모셔다드린다고 나갔던 정대가 눈시울이 붉어
져 돌아오자 해연은 그를 위해 정성껏 저녁상을 차렸다.

"고생했어."

서로에게 주고받는 그 말이 유독 무게 있는 날이었다. 묵직하게
상대의 가슴에 내려앉았다.

다행스럽게 그날 이후 시모와 시부의 황혼이혼 이야기는 더 이
상 나오지 않았다. 그럭저럭 평화가 이어지는 날의 연속이었다. 매
일 성당에 가고, 오후에 어린이집에 나가고, 밤에 민지와 함께 집으
로 돌아오는 날이 이어졌다.

어쩌면 이 시간을 위해 지난날들에 그토록 휘청거렸는지 몰랐
다. 제 길을 찾지 못해 돌부리에 걸려 넘어지기도 하고, 흙바닥인
줄 알고 발을 내딛었는데 늪이라서 허우적거리고, 죽을힘을 다해
기어 다녔던 날들을 보냈는지 몰랐다.

이제는 다 지나간 것처럼 느껴졌다.

남은 건 평화밖에 없을 것 같았다.

그래서 10월 30일 아침에 받은 메시지에 해연은 망연자실해
졌다.

<해진이가 아기와 함께 하늘나라에 갔습니다.>

이게 무슨 소리인가 싶었다.

우리 집 막둥이 송해진을 말하는 게 맞나, 스미싱인가, 별별 생각을 다하며 해진의 남편에게 전화를 걸었다.

- 으흐흑…….

울음부터 터뜨리는 제부의 목소리에 해연은 그대로 주저앉았다. 귓가에 '언니!'하고 부르던 해진의 목소리가 아른거리자 그녀는 이마를 바닥에 박으며 오열했다.

8

기뻐하여라

해진의 장례는 신혼집이 있던 대전에서 치렀다.

"이게 무슨 일이야."

장례식장을 들어오는 사람마다 똑같이 말을 했다.

"교통사고래요. 대낮에 음주운전 차량이 갑자기 인도로 들이닥
쳤대요."

그 말이 끝나면 한바탕 울음소리가 이어졌다.

해연은 작은 방에서 망연히 앉아 울음만 삼켰다. 아무 것도 할
수 없었다. 숨을 쉬는 것도 어려웠다. 정대와 민지가 몇 번이고 방
에 들어와 넋을 잃은 해연과 함께 울다가 나갔다. 해연은 현실이라
고 믿기지 않아 수없이 제 손등을 꼬집었다. 얼마나 세게 꼬집었는
지 손등에 퍼렇게 멍이 들 정도였다.

하지만 울음소리는 여전했고, 장례식장이었고, 해진은 더 이상 언니라며 해연을 부를 수 없었다. 그 사실이 너무 슬펐다. 이제는 해진의 재잘대는 목소리를 들을 수 없고, 발랄한 웃음을 볼 수 없다는 게 현실 같지 않았다.

노쇠한 부모님은 울다 쓰러지실까 봐 병원에 입원시켜 버렸다. 온 가족 친척들이 울음을 멈추지 못했다. 해진은 이제 고작 서른두 살이었을 뿐더러 뱃속에 6개월이 된 아이가 있었다. 그런데 왜 이렇게 갑자기 죽어야 했는지, 논리적으로도 답을 밝혀낼 수 없었다.

'이런 일이 어디 있어요. 하느님, 어떻게 이럴 수 있어요. 왜 그런 거예요.'

아무리 질문을 해대도 대답을 들을 수 없거니와 슬픔과 원망은 줄어들지 않았다.

나이차가 많으니 동생이라기보다 딸 같아서 더 애틋했다. 해연을 어려워하면서도 따르던 해진이 눈앞에 어른거렸다. 처음 걸음마를 했을 때, 어린이집에서 배운 노래를 부르며 재롱 부렸을 때, 한글 가르쳐 달라며 삐뚤빼뚤한 글씨로 편지를 썼을 때, 첫 교복을 입었을 때, 결혼식장에 들어섰을 때.

그 모든 기억 속 해진은 아름답고 찬란했다.

"이런 게 어디 있어요…, 어떻게 이래요…. 말도 안 돼…. 으흐흑."

해연은 오열하며 하느님한테 따졌다.

이러면 어떻게 신앙심을 가지라고, 어떻게 하느님을 믿고 세례를 받을 수 있겠냐고, 왜 하필이면 해진이가 죽어야 했냐고 따져댔다. 그리고 역시나 답을 들을 수 없었다.

시간이 지날수록 원망이 더욱 커졌다. 성당에 가는 것도 의미가 없어졌다.

그렇게 동생을 납골당에 안치하고 집으로 돌아오자 해연은 식탁 위에 있던 성경책부터 치웠다. 도저히 성경책을 볼 수가 없었다. 모든 원망이 하느님한테로 쏟아졌다.

'마르타 오빠 나자로도 다시 살리셨다면서요. 난 송 마르타인데, 왜 내 동생은 그렇게 죽게 하셨어요?'

해진의 시신이 발인할 때 행렬의 많은 사람들이 교회에서 온 사람들이라고 했다. 남편 따라 교회 다니기 시작했다는 해진의 목소리가 귀에 어른거려 해연은 하염없이 울었었다.

'교회 다니는 그 사람들은 알까?'

어째서 해진이 그토록 어이없이 죽어야 했는지, 누군가는 대답을 해줄 수 있을까 생각하며 해연은 또다시 울었다.

이런 불합리한 일이 왜 일어나는지 도무지 이해할 수 없었다. 불공평하고 억울한 일이었다. 세상에 나쁜 짓 하는 사람들이 얼마나 많은데, 착하고 예쁜 해진이 왜 그렇게 갑자기 죽어야 했는지 이유를 알 수 없으니 분하기까지 했다. 어째서 하느님은 나쁘고 못된 사람을 이 세상에 남겨두고, 착하고 선한 해진을 데려가셨는지 이해할 수가 없었다. 불합리하다는 생각이 가득해지자 그녀의 가슴속에서 분노와 원망이 솟구쳤다.

나쁜 사람들 좀 데려가시라고요!

해연은 허공으로 소리 없는 외침을 토해내었다. 차마 입 밖으로 쏟아낼 수가 없었다. 소리를 내면 제 안에서 뒤범벅이 된 원망과 억울함, 분함이 걷잡을 수 없을 정도로 커져버릴 것만 같아서였다. 뭐가 되었든 하느님이 미웠다.

"엄마. 주일미사 안 가?"

민지가 울어서 퉁퉁 붓고 붉어진 눈을 비비며 묻자 해연은 오랜만에 짜증을 냈다.

"넌, 이런데 미사 가고 싶니?"

해진이 억울하게 죽었는데, 라자로처럼 되살려주시지도 않는데, 하느님을 찬양하는 미사를 어떻게 드릴 수 있는가 말이다.

그래서 애꿎은 민지에게 화를 냈다. 그러면 안 된다는 걸 알면서도 짜증을 토해냈다.

"이런 날 성당에 가고 싶어?"

그러자 민지가 왈칵 눈물을 쏟으며 말을 더듬었다.

"나, 난 가고, 가고 싶, 싶어. 흑흑, 우리 이모, 해, 해진이 이모,

천국 가게 해 달라고, 기도하고 싶어……. 으흐으흑.”

어깨가 들썩거릴 정도로 거세게 흐느끼며 말하는 민지를 보자 해연은 뜨거운 울음이 복받쳤다. 자신만 슬프고 괴롭고 아픈 게 아니었다. 사춘기의 예민한 감수성을 지닌 민지의 마음 속에서 슬픔이 얼마나 널뛰고 있을지 상상도 할 수 없었다.

“미안해, 민지야…. 미안해……. 엄마가 너무 슬퍼서 그랬어…….”

어느새 정대도 말없이 두 사람을 끌어안고 함께 울고 있었다.

가족이란 슬플 때 가장 힘이 되는 사람들이었다. 그 순간, 희한하게 언젠가 서현 엄마가 했던 말이 떠올랐다.

“기쁠 때는 하느님이 보이지 않아요. 슬프고 힘들고 괴로울 때, 그럴 때는 항상 하느님을 보게 되죠. 우리가 그럴 때만 하느님을 찾기 때문이에요.”

지금 해연은 하느님을 찾고 싶지 않았다. 너무 슬픈데 이 슬픔의 원인이 하느님 같아서 원망만 생겨났다. 그런데 민지는 해진의 영혼을 위해 기도하고 싶다는 것이다. 어떻게 그럴 수 있는지 도무지 이해할 수가 없었다.

민지는 하느님이 원망스럽지 않은지, 정대는 하느님이 밉지 않은지? 두 사람에게 해진은 소중한 사람이 아니었는지?

하지만 차마 입 밖에 낼 수 없는 질문이었다. 대답을 듣는 가치

보다 그들이 받을 상처가 더 큰 질문이기 때문이었다.

그녀가 성당에 다니며 눈에 띄게 변한 게 있다면 말에 있어 더 좋은 걸 선택하는 것이었다. 어떤 말을 할 때 상대에게 어떤 영향을 미칠지 한 번 더 생각해보게 된 것이었다. 그건 예수님의 "너희는 남에게서 바라는 대로 남에게 해주어라."라고 하신 말씀 덕분이었다. 해연은 자신이 듣고 싶은 말을 남도 듣고 싶을 거라 생각하게 된 것이었다.

그렇기에 민지가 바라는 것을 무시할 수가 없었다. 해진을 위해 기도하고 싶다는 민지의 바람대로 해연은 울며 성당으로 향했다. 도무지 눈물을 멈출 수가 없었다. 미사가 시작되었어도 울음을 그칠 수가 없었다. 누군가 그녀에게 티슈를 쥐어주었지만, 고개를 들 수도 없었다. 그때 신부님께서 말씀하셨다.

"교회에서는 11월 2일부터 8일까지 돌아가신 분들의 묘지를 찾아가면 전대사를 양도할 수 있도록 하고 있습니다."

그 말이 뭔지 모르지만 묘지를 찾아간다는 말에 눈이 번쩍 뜨였다.

"11월 한 달은 위령의 달로 고인이 되신 분들을 위해 기도를 드리고 있죠. 그래서 오늘은 모든 성인 대축일로, 내일은 위령의 날로 보냅니다. 우리 교회는 성인의 통공을 믿고 있기에 오늘은 무척이나 특별한 날이죠. 우리가 위령기도를 드리며 성인들과 통공을 하는 날입니다. 즉, 땅에서의 우리와 하늘에서의 성인들이 죽은 이들을 위해 함께 기도를 드리는 날입니다."

그런 날을 앞두고 해진은 세상을 떠났다. 해진이 마치 기도를 해달라고 요청하는 것만 같았다.

'민지가 그토록 해진을 위해 기도하고 싶다고 했던 이유가 이거였구나.'

해연은 또다시 소리 없이 흐느꼈다. 울음소리를 참으려 악문 입술이 바들바들 떨리고 눈물이 하염없이 쏟아지는데 마음속으로 저절로 기도가 떠올랐다.

'우리 해진이의 영혼을 부탁드립니다. 부디 천국에 갈 수 있게 해주세요. 하느님께서, 예수님께서 해진이를 천국에 데려가실 것을 믿고 제 슬픔과 그리움을 봉헌합니다.'

드려야 한다.

가슴 안에서 복받치는 슬픔과 그리움을 온전히 내어드려야만 한다.

아는데, 그래야 한다고 생각은 하는데 그녀는 눈물을 멈추기 쉽지 않았다. 절실하게 하느님께 위로받고 싶어졌다. 하지만 하느님은 아무런 말씀도 하지 않았다. 그녀에게 성령의 위로는 내려앉지 않았다. 그럼에도 해연은 그 순간만큼은 하느님께 의지했다.

그러지 않고는 살 수가 없을 거 같았다. 지금까지 믿지 못했는데, 아직도 반신반의하는데, 그래도 하느님이 진짜로 계셨으면 좋겠다고 생각했다. 그래야만 해진이 하늘나라에 가서 아기와 행복할 거 같아서.

"무슨 일 있어요? 온 가족이 눈물바다네."

신부님의 인사말조차 눈물을 불러일으켰다.

오히려 가볍게 인사를 건넨 신부님이 당황해서 어쩔 줄 모를 정도로 해연과 민지, 정대까지 성당 로비 입구에 서서 울어댔다.

"죄송해요. 우리가 너무 민폐 같아요……."

그러자 신부님이 해연의 어깨를 토닥이며 위로했다.

"괜찮아요. 울고 싶으면 울어요. 남이 미워서 우는 게 아니면 돼요. 힘들고 괴롭고 슬퍼서 우는 건 당연한 거니까."

그들을 둘러싼 사람들은 영문도 모른 채 위로를 건네고 격려를 했다. 어째서인지 그때, 해연은 절실하게 하느님께 위로받고 싶었던 제 마음을 떠올렸다.

'이렇게 위로해주시는구나.'

사람들을 통해서, 모두가 예수님이 되어 그녀와 가족을 둘러싼 것이었다.

성당에 오기를 잘했다.

성당은 눈물이 이해되는 곳이니까.

해연은 위령의 날인 2일부터 8일까지 묘지에 가서 고인에게 전대사를 양도한다는 뜻을 다음 날에 알게 되었다.

"연옥은 죽은 이들이 죄의 흔적을 지우는 곳인데, 일종의 소독실 같은 거죠. 영화에서 우주복 같은 거 입고 있는 사람들이 치익하면서 소독약 나오는 방을 지나가잖아요. 병균이 많은 곳에서 없는 곳으로 가기 위해서 꼭 지나가야 하는 소독실이요. 그거처럼 인간의 영혼에 붙어있는 죄의 흔적을 지워서 하늘나라에 갈 수 있게 해주는 곳이라고 생각하면 돼요."

영화 속 장면이 떠오르며 이해가 되었다.

"그런데 연옥에 있는 영혼들은 자신을 위해 기도할 수가 없어요. 죄의 흔적을 스스로 지울 수 있는 방법이 없다는 뜻이죠. 그때 기도해줄 수 있는 사람은 살아있는 우리들뿐이에요. 우리의 기도가 소독약처럼 그들의 죄의 흔적을 지워줄 수 있는 거죠."

다시금 눈물이 왈칵 쏟아졌다. 민지가 기도하고 싶다고 울며 말했던 게 떠올라서였다. 그래야만 했던 거였다. 해진을 위해 기도를 열심히 드려야만 하는 거였다.

"그렇게 내가 죽었을 때 생길 죄의 흔적을 지우는 걸 전대사라고 하는데, 그걸 죽은 이에게 양도한다는 거죠. 결국 내 죄를 지워버릴 기도를 다른 영혼을 위해 바치는 것과 같아요. 가톨릭에서는 전대사를 양도할 수 있는 기간을 정해놓은 거고요."

그게 11월 2일에서 8일까지인 것이었다.

해진이 발인한 다음날부터 일주일이었다.

어떻게 그럴 수 있을까.

마치 하느님이 계획하고 해진을 데려가신 것만 같았다. 그렇다면 해연이 해야만 하는 일이 분명했다. 전대사를 양도할 조건을 모두 갖춰서 해진의 묘지에 가는 것이었다.

그 사실을 정대에게 알리자 그는 선뜻 함께 하겠다고 했다.

"당연히 나도 가야지."

민지까지 나서서 학교에 현장체험학습을 신청하고 다음 날 아침, 고해성사 후 미사까지 드렸다.

'해진아. 우리 셋이 널 위해 기도할게.'

모두의 기도가 하늘에 닿기를.

간절함이 통한 걸까.

돌아오는 길에 그들은 모처럼만에 웃으며 늦은 점심 식사 메뉴를 골랐다.

이제는 울지 않을 수 있을 거 같았다. 사무치는 그리움에 왈칵 눈물이 쏟아지는 때도 있을 테고, 보고픔에 하염없이 하늘을 바라볼 때도 있을 터였다. 그래도 괜찮다. 더 이상은 왜 데려가셨냐고 원망하지는 않을 수 있었다.

덤덤할 순 없어도 슬픔을 억지로 이겨내려 애쓰지는 않아도 되었다.

성탄을 준비하는 대림시기가 시작하자 진짜로 세례를 받는 날이 바짝 다가왔다.

"초가 너무 예뻐요."

처음으로 맞는 대림시기를 축하한다며 서현 엄마가 선물해준 대림초를 받아들고 해연은 어쩔 줄 몰라 했다.

"순서대로 켜야 해요. 대림 첫 주에는 가장 진한 보라색 초, 그다음 주에는 연한 보라색, 3주째에는 분홍색, 마지막 주에는 하얀색을 켜는 거예요."

"의미가 있는 거겠죠?"

해연은 10개월 동안 주워들은 덕에 이제 대충 감을 잡았다.

가톨릭 교리는 무척이나 체계적이고 조직적이며 논리적이었다. 그렇기에 의미 없이 행하는 것이 없었다.

"대림이란 말은 예수님께서 오시기를 기다린다는 뜻이래요. 우린 4주 동안 대림시기를 갖잖아요. 마르타는 그동안 뭘 기다리고, 뭐가 찾아오길 바랄 거예요?"

아, 어렵다.

이런 질문이 가장 어려웠다. 분명 답이 있는 거 같은데, 또 답이 없을 것도 같은 이런 애매한 질문을 받으면 해연은 머릿속이 하얗

게 변했다. 아무 생각도 안 떠올랐다. 그래서 대답을 못하자 서현 엄마가 웃었다. 이쯤 되니 해연이 어느 때 입을 다무는지 알아챈 모양이었다.

"주님 성탄을 기다리고, 주님께서 찾아오시길 바라는 거겠죠."

"아……!"

항상 깨달음은 한 발 늦었다.

듣고 보니 이 쉬운 대답을 왜 못 했나 싶었다.

"그럼 보라색 초는 뭘 의미하는 거예요?"

"대림 기간 동안 입는 사제의 보라색 제의는 회개와 속죄를 의미해요. 그러다가 장미색 제의, 그러니까 분홍색 제의를 대림 3주일에 입어요. 기쁨의 의미죠. 보라색도 점점 흐려지다 3주일에 분홍색으로 바뀌잖아요."

"3주가 되면 기쁘다는 뜻인가요?"

"그렇죠. 빛이신 예수님께서 곧 오실 거라는 믿음으로요. 그래서 4주일에 흰색의 초를 켜요. 환하게 밝혀야죠. 예수님께서 오실 거잖아요."

아직까지도 잘 모르겠다.

2천 년 전에 태어났던 사람이 어떻게 온다는 건지 해연은 이해할 수가 없었다. 성당을 다니는 사람들이 전부 그렇게 믿고 대림시기를 보내는 건가 의문도 들었다. 여전히 해연에게는 '어떻게 믿을 수 있는가?'가 문제였다.

　분명 해연에게도 '하느님이 계신가보다.'라고 느낀 순간들은 있었다. 하지만 그때뿐이었다. 조금만 지나면 금방 잊어버렸다. 자신이 왜 그런 생각을 했었는지, 왜 그런 느낌을 받았는지 기억이 가물가물해졌다. 그나마 다행인 건 '왜 믿는가?'라는 질문의 답은 찾았다는 사실이었다. 이제는 그 누가 물어봐도 대답할 수 있었다.

　'평화를 위해서.'

　그 평화 속이 기뻐서, 다른 것이 필요 없어져서 믿으려 하고 있었다. 그래서 해연은 감사하고, 기뻐하고, 기도하라는 말이 너무 좋았다. 그 세 가지가 일상에 머무를 때 진짜 평화가 온다는 사실도 깨달았다. 하지만 어떻게 믿는 건지에 대한 답은 아직도 오리무중이었다. 과학적으로, 논리적으로 해석이 불가한데 어떻게 믿을 수 있는가.

　끊임없이 드는 의문은 답답함을 몰고 왔다. 마치 깊은 바다 속을 헤엄치는 기분이었다. 팔다리를 열심히 저어서 들어가는데, 파도와 해류에 휩쓸려 제자리에 머무는 것 같은 무력감도 들었다. 그런 해연에게 글라라는 말했다.

　"난 남편과 헤어질 때 하느님을 원망했어."

　해연도 해진의 죽음을 겪으며 하느님을 원망했었다.

　"그런데 원망을 한다는 건 믿기 때문에 가능한 거잖아."

생각해보니 일리 있는 말이었다. 그토록 원망하고 화를 냈던 자신을 돌이켜 보며 해연은 불에 덴 듯 화들짝 놀랐다. 어느새 믿고 있었나 보다. 그러니 하느님이 밉다고 성토하며 분노했었나 보다.

"내가 못 믿는다는 착각 속에 빠져 있는 건 아닌지, 그 착각으로 끊임없이 하느님을 의심하고 시험하고 있는 건 아닌지. 한 번쯤은 생각해 봐."

그 말에 해연의 심장이 데인 것처럼 화끈거렸다.

가슴이 뜨끔뜨끔 한 게 정곡을 찔린 것 같았다.

'와. 점쟁이보다 더 정확해.'

이럴 때마다 해연은 성당 다니는 사람들이 무서워졌다.

시모가 아무리 스님이 용하다고 해도 그녀는 코웃음만 쳤었다. 하지만 이토록 툭툭 제 심장이 찔릴 정도로 그녀의 속내를 정확하게 짚어내는 사람들을 마주하며 소름이 돋았다. 하물며 저조차도 의식하지 못했던 것들이 아닌가.

"시험하려 들지 마. 까불거나 반항하면서 건방지게 굴지 마. 그거 다 죄야. 하느님께서 보기 안 좋은 것들은 전부 죄야."

"글라라 언니, 좀 무서워요. 신기 들린 사람 같아."

"이왕이면 성령이 가득하다고 해줘. 나, 이제 다시 하느님으로 나를 채울 수 있을 거 같아."

글라라의 말에 서현 엄마가 성물방으로 들어오며 말을 던졌다.

“이제 마음속에 미움이 없어졌나 보네요?”

“응. 다 비웠어. 다시 성령으로 채울 일만 남았지.”

자판기에 종이컵이 떨어졌다는 이야기를 듣고 달려 나갔던 서현 엄마가 어떻게 앞뒤 사정을 알고 질문한 건지 신기했다.

용한 무당도 이들 앞에서는 울고 갈 판이었다.

“안나 언니는 글라라 언니에게 미움이 없어진 걸 어떻게 알았어요?”

해연은 얼마 전부터 서현 엄마를 ‘안나 언니’로 부르게 되었다.

서현 엄마가 해연 보다 다섯 살 위인 걸 알게 된 이후였다. 사실 그동안의 교류를 생각하면 너무 늦게 호칭을 튼 것이기도 했다.

서현 엄마는 해연의 질문에 특유의 미소를 지었다.

“척하면 척이지.”

그러면서 웃는 서현 엄마를 따라 글라라도 소리 내어 웃었다.

글라라의 얼굴은 마치 평화를 되찾았다고 말하는 것처럼 보였다. 이제는 전남편의 외도로 인한 상처도, 미움도, 미련이나 후회도 툴툴 털고 모두 사라졌다고 하는 것 같았다.

정말 다행이다.

주변의 누군가가 상처를 딛고 일어서는 건 의외로 자신에게 용기가 되었다. 위로가 되고 힘이 되었다. 그래서 가톨릭은 공동체를 이룬 모양이었다. 예수님이 떠난 그 상실감과 고독감을 서로가 채

워줬는지도 몰랐다. 그들은 초를 밝히며 언젠가 예수님이 다시 오실 날을 기다리고, 기쁨 속에 머물렀나 보다.

그게 대림이었다.

서로에게 사랑과 위로를 건네며 희망을 기다리는 시간.

그래서 기쁜 시간이 대림기간이었다.

해연의 대모는 서현 엄마가 되어주기로 했다. 그래서 이제는 서현 엄마나 안나 언니가 아닌 대모님이라고 불러야 했다.

"대모님. 나, 좀 떨려요."

"마르타. 걱정 말고, 새로 태어나는 걸 기뻐해."

살아왔던 모든 시간, 더 나아가 그녀가 생기기도 전에 지어졌던 죄까지 모두 사라지는 세례식 앞에서 해연은 두려웠다.

이제는 진짜 다시 돌아갈 수 없는 길로 발을 내딛는 것이었다. 멋모르고, 얼떨결에, 덩달아 성당에 왔던 날이 엊그제 같은데 송해연 마르타로 거듭나는 시간을 마주하자 되레 망설여졌다.

'진짜 내 죄를 용서받아도 되나? 그럴 수 있는 걸까?'

더 자신 없는 건 앞으로의 날들이었다.

여전히 모르는 것도 많고, 자신의 믿음에 의심이 생기고, 낯선 것들 투성이였다. 그런데 확실한 것 한 가지, 자신이 선택한 길이기 때문에 후회할 수도, 돌이킬 수도 없다는 것이었다. 앞으로 매 순간, 그녀는 양심에 찔리고 하느님 말씀에 어긋나는 일을 마주했을 때, 자신의 욕심을 우선시 할 수 없게 되는 것이었다.

그 약속을 하기가 너무 두려웠다.

‘조금은 봐주시겠지, 조금은 죄를 지어도 되겠지.’ 하며 은근슬쩍 넘어가던 일도 더 이상은 할 수 없게 될 거였다. 나보다 하느님을 앞세워야 한다는 교리에 따라 살 자신이 없었다. 남은 평생을 그렇게 살아야 했다.

다리가 후덜덜하다. 그래서 망설이는 해연의 어깨에 양손을 얹은 서현 엄마가 뒤에서 은근히 밀었다. 세례식에서 대모 대부가 왜 필요하나 했더니 이런 이유인 모양이었다. 세례 받기 전, 예비신자가 도망치지 못하게 하는 거다.

끽소리 못하고 신부님 앞에 서게 된 해연은 이마에 닿는 세례수를 느끼자 눈물이 글썽였다. 죄를 용서받는 게 감사해서인지, 앞으로 꼼짝없이 하느님한테 잡혀 살아야 하는 게 억울해서인지.

“마르타, 축하해.”

세례식이 끝나고 사람들의 축하를 받으면서도 해연은 울먹거렸다.

“왜 울어. 기쁜 날에.”

그러게나 말입니다.

기쁜데 슬픕니다.

이제는 더 이상 죄와 타협할 수 없다는 점에서, 앞으로 더러워질 자신이 불쌍해서.

그런데 신기하게도 첫영성체까지 모시고 나자 해연은 마음이 평화로워졌다. 아무렴 어떤가 싶은 생각이 들었다. 남아있는 시간이 얼마가 되었든 죄를 지으면 용서를 받고, 하느님으로부터 멀어지면 다시 돌아오면 되는 게 아닌가.

그런 해연에게 헬레나가 축하인사와 함께 질문했다.

"마르타, 축하해! 이제 진짜 일꾼 마르타로 거듭나야지? 어때? 반장 좀 해볼래?"

해연은 손사래를 치며 도망치듯 성물방에서 나왔다. 그 자리에 계속 있다가는 뭔가 직책을 하나 맡게 될 것 같은 예감 때문이었다. 자신은 이제 막 세례 받은 초보신자인데, 묵주끈도 짧은 날라리 신자인데 책임감이 필요한 일을 하기에는 한없이 부족해보였다. 아직은 아니다. 괜히 분위기에 휩쓸려 반장을 했다가는 진짜로 후회할 게 뻔했다.

'그래. 난 아직 부족해. 어린이집 일도 해야 하고, 이제 민지도 고등학생이 될 거고, 남편도 은퇴 준비 할 텐데. 내가 어떻게 직책 있는 봉사활동을 해?'

그냥 지금처럼 자모회에서 설거지나 하고, 성물방에서 이따금 돕고, 성서공부 좀 하면서 살면 딱 좋을 것 같았다.

그러니 반장 자리는 자신의 것이 아니었다.

그렇게 도망치던 해연은 얼떨떨한 표정으로 예수님 동상 앞에 서 있는 정대를 발견했다. 그도 오늘 세례를 받아 사람들에게 둘러싸여 축하받았었다. 민지도 중고등부 주일학교 교사들과 함께 웃고 있었다.

'근데 왜 혼자 저런 표정이야?'

마치 뭔가로 세게 얻어맞은 사람처럼 넋이 나간 얼굴이었다.

"뭐해?"

"어? 어, 있잖아."

정대는 해연의 부름에 화들짝 놀라더니 멍한 표정으로 말을 이었다.

"성탄절 밤미사에 부모님이 오신다네."

"부모님? 누구 부모님?"

"우리 부모님."

'그분들이 왜 밤미사에 오신대?'라는 질문이 튀어나오려는 입을 다물며 해연은 눈을 크게 떴다.

그러자 정대가 뒷머리를 긁적이며 눈을 껌벅거렸다.

"방금 전화가 와서, 오늘 세례 받았다고 말씀드렸거든. 근데 축하한다고, 와보지 않아서 미안하다고 하시더니, 성탄 밤미사를 같이 드리자고 하시더라고."

"감사합니다!"

해연은 저도 모르게 두 손을 맞잡고 예수님 동상에 대고 흔들었다. 마치 로또에 당첨된 사람처럼 연신 '감사합니다!'를 말하며 맞잡은 손을 들어보였다. 그도 그럴 게 그녀가 어젯밤 9일 기도를 마쳤기 때문이었다. 그녀는 시부모를 위해서 9일 동안 매일 묵주기도를 드렸다. 이제 이상한 미신에 의지하지 않고, 남은 생을 하느님 안에서 살 수 있게 해달라고 기도했다.

"아버지께서 절에 안 나간 게 꿈에 성모님이 나타나셔서래."

"와, 소름."

"암튼 그래서 밤미사 때 내가 두 분을 모시고 올게. 당신은 민지랑 성당에 와."

해연은 힐끔하고 예수님 동상을 바라보았다.

두 팔을 벌리고 선 예수님의 얼굴에는 언제나와 같이 인자한 미소가 펼쳐져 있었다.

'감사합니다. 정말 감사합니다.'

그러자 어째서인지 예수님의 목소리가 들리는 듯했다.

기뻐하여라.

동시에 그녀의 머리 위로 하얀 눈송이가 나풀거리며 떨어졌다.

"엄마. 미사 끝나고 성당에서 놀아도 돼?"

민지의 질문에 해연은 못 말린다는 듯 웃었다.

“성당에서 뭘 하고 놀 건데?”

“예주가 교회에서 끝나면 성당으로 온대. 우리, 유투브 영상 찍기로 했어. 성당하고 교회의 콜라보. 어때?”

민지가 천주교로 개종을 하고도 우정과 신앙을 함께 쌓아가는 예주가 너무 고마웠다. 천성이 착하고 아름다운 아이라서 하느님의 사랑을 듬뿍 받을 만 했다. 해연은 민지와 예주의 우정이 평생 지속되기를 기도했다.

“재미있겠는데? 찍으면 나도 보여줄 거지?”

“당연하지. 그럼, 놀다 가도 되지?”

“관리장님 피곤하지 않게 너무 늦게까지는 놀지마.”

성당에는 교대로 상주하는 관리장이 있었다.

성당 건물과 외곽 관리를 하며 보안이 제대로 되었는지 살피는 일도 했다. 그렇기에 민지가 성당에서 놀다 오겠다고 해도 안심이 되었다. 하지만 민지로 인해 관리장은 밤늦게까지 성당의 로비 문을 잠그지 못할 수가 있었다.

“물론이지. 내가 관리장님 크리스마스 선물도 준비했는걸.”

“진짜? 어떻게 그런 생각을 했어?”

“신세를 지려면 먼저 뇌물을 드려야지.”

뭔가 묘하게 맞는 듯하지만, 틀린 것도 같았다.

"뇌물 말고 감사 선물이라고 하자."

해연이 정정하자 민지가 키득거리며 웃었다.

그렇게 함께 성당으로 걸어간 해연과 민지는 로비에 들어서자마자 서로의 방향으로 발길을 틀었다. 해연은 성물방으로, 민지는 주일학교 교리실로.

크리스마스이브라서 성물방은 발 디딜 틈도 없었다.

"대모님, 도와드릴까요?"

"그럼 고맙지. 여기, 이거 포장 좀."

해연은 정신없이 포장을 했다.

어린이집에서 숙련된 포장기술이 오늘에서야 빛을 발하고 있었다. 그 모든 시간들이 지금을 위한 과정이었던 것처럼 느껴졌다. 어쩌면 지금도 미래를 위한 과정일 수 있었다. 매 순간, 의미 없이 흐르는 시간이 없기 때문이었다.

해연은 마흔다섯 살의 크리스마스이브에 성물을 포장하기 위해 지금껏 살아온 것처럼 열심히 포장을 했다. 그게 지금의 의미였다. 현재의 나를 가꾸는 방법이기도 했다. 매 순간 최선을 다하며 기뻐하는 것이 신앙이었다.

수녀님도 말씀하시지 않았는가.

"주님의 은총이 99%이고, 나의 노력이 1%입니다. 나의 노력 1%가 없으면, 주님의 99% 은총도 없습니다."

내 노력이 클수록 99%의 은총이 크지 않을까 하는 인간적 욕심은 덤이었다.

그래서 그녀는 현재 자신이 맡은 바, 성물 포장에 최선을 다했다.

"어머, 마르타! 진짜 포장 잘한다. 너무 예뻐."

누군가의 칭찬에 활짝 웃으며 감사하다고 인사할 수 있는 것조차 감사했다.

그때 오 마르타가 해연이 포장을 한 성물을 집어 들며 말했다.

"필리피서 2장 14절, 읽어봤어요?"

"아, 맞다! 깜박했어요."

"잊지 말고 읽어봐요."

해연은 웃으며 알겠다고 답하고 다시금 포장하기에 몰두했다.

그렇게 정신없이 몰아치던 사람들이 빠져나가자 성물방에 갑작스런 정적이 흘렀다. 그 속에서 바닥에 떨어진 포장지들을 줍던 해연은 서현 엄마가 등을 툭툭 두드리자 얼른 허리를 폈다.

"그만 하고 우리도 올라가자."

이제 곧 미사가 시작할 시간이었다.

서현 엄마가 성물방 문을 잠그는 동안 로비로 나간 해연은 마침 현관으로 들어오는 정대, 그리고 시부모와 마주쳤다.

"어머님!"

해연이 쪼르르 달려가자 시모는 툭 내밀고 있던 입술을 씰룩거렸다.

"오랜만이구나."

"네. 잘 지내셨어요? 아버님, 오랜만에 뵈어요. 저도 막 올라가려던 참인데, 같이 가요."

오랜만에 만난 시부는 여전히 권위적이었다. 뒷짐을 지고 꼿꼿한 자세로 올라가는 시부의 뒤를 따르며 해연은 서현 엄마를 돌아봤다. 그러자 서현 엄마가 먼저 가라는 손짓을 했다.

대성전은 이미 앉을 자리가 없을 정도로 사람이 꽉 차 있었다. 그 많은 사람들이 모두 한 마음으로 기다리고 있었다.

예수님의 탄생을, 이 땅에 빛이 오기를.

해연은 가족들과 함께 나란히 앉으며 가슴이 뭉클함을 느꼈다.

시부모를 보며 올해에 내 안에 예수님을 맞이하지 못하면, 내년에 하면 된다는 사실을 깨달았기 때문이었다. 20년이 넘도록 예수님의 탄생을 외면했던 시부모가 무슨 이유로 다시 마주하게 되었는지는 몰랐다. 그 이유가 무엇인들 어떠하겠는가.

자신과 가까운 사람들이 한 명이라도 더 예수님의 탄생을 맞이할 수 있다는 사실은 충만한 기쁨이다.

기뻐하여라.

임마누엘이 오셨도다.

그토록 고요하고 거룩한 밤에, 그녀의 마음에 오시기까지 예수님은 얼마나 오랫동안 문을 두드리셨을지 몰랐다. 해연은 비로소 어떻게 믿는지 알게 되었다.

그냥 믿자.

믿으면 된다.

마침내 성전의 불이 꺼졌다.

이제 곧 예수님이 오실 것이기 때문이었다.

에필로그

해연은 필리피서를 펼쳤다.

그리고 오 마르타가 강조했던 2장 14절을 찾아 읽었다.

"무슨 일이든 투덜거리거나 따지지 말고 하십시오. 그리하여 비뚤어지고 뒤틀린 이 세대에서 허물없는 사람, 순결한 사람, 하느님의 흠 없는 자녀가 되어, 이 세상에서 별처럼 빛날 수 있도록 하십시오."

순간, 어째서 오 마르타가 청소년분과장을 맡게 되었는지 이해가 되었다. 성경책을 덮으며 해연은 긴 숨을 토해냈다. 그리고 어깨를 들었다 놓으며 큰 소리로 말했다.

"아멘! 네! 주님, 마르타가 갑니다!"

<끝>

작가의 말

몇 년 전, 요한복음 성서공부를 하던 중에 갑자기 전례봉사가 하고 싶어졌습니다.

신기하게도 그 마음이 들고 얼마 되지 않아서 저는 평일미사 전례 봉사자가 없다는 수녀님의 말씀에 넘어가 독서 봉사자가 되었습니다.

그리고 올해 초, 갑자기 하느님의 글이 쓰고 싶어졌습니다. 몇 년 전부터 묵상글을 틈틈이 써서 모아놓기는 했지만, 어쩐지 부족했습니다. 저희 부모님 이야기를 소설로 써보고 싶어지기도 했지만 자신이 없었습니다. 로맨스 소설 작가가 쓰는 가톨릭 소설이라니. 그런데 정말 신기하게 어느 날 갑자기 안젤로 형제님께서 말씀하셨습니다.

"성당에 다니는 신자들 이야기를 써보시는 건 어때요?"

순간, 제 머릿속에서 송해연이 탄생했습니다.

사실 송해연과 박정대의 모델은 저의 부모님이십니다. 그 외에 제가 겪고 만난 분들을 아주 교묘하게 섞어 넣었습니다. 나름 공부도 열심히 하고 교우들과 인터뷰도 하며 쓸 땐 좋았는데, 막상 교정 원고를 받아보니 너무 부끄럽습니다. 많이 부족한 만큼 앞으로 더 노력하겠습니다. 글을 쓰며 가장 생각나는 사람은 김예주였습니다. 제 글 속에서만큼은 그 아이가 계속 살아있기를 바라며, 열아홉 살의 나이에 카페인 쇼크로 갑자기 하늘나라로 간 김예주에게 이 글을 바칩니다.

글을 쓰고 나면 항상 감사드릴 분들이 많습니다.

가장 먼저 출판의 기회를 주신 대경북스의 김영대 안젤로 형제님께 감사합니다.

이 세상의 모든 사제들, 수도자들, 그 중 성내동성당의 김훈겸 세례자요한 신부님, 박성준 모세 신부님, 박 안칠라 수녀님, 허 유진 수녀님 그리고 김경모 야고보 신부님, 임병헌 베드로 신부님, 김동규 바오로 신부님, 문재현 바오로 신부님, 김영규 대건안드레아 신부님, 최종운 토마스 신부님, 한 힐라리아 수녀님, 장 스테파니아 수녀님, 신 로사리아 수녀님, 손 베드로 수녀님께 특별히 감사합니다.

이 글 곳곳에 숨은 그림 찾기처럼 등장하는 모든 분들께도 감사드립니다.

오양숙 마르타님, 이경옥 안나님, 김신숙 로사님, 릴리아나 언니, 정미희 세실리아 언니, 김경애 베로니카 이모, 박향숙 글라라 언니, 소설 속 헬레나라는 인물로 대표되는 모든 구역장님들, 사목회 봉사자들, 각 성당의 사무실을 지키며 새신자를 반갑게 맞아주시는 사무장님과 사무원님들, 각 성당의 숨은 곳에서 묵묵히 일을 하시는 모든 관리장님들, 성체조배회원들, 초등부와 중고등부 주일학교 교사들, 체나콜로 기도회, 복음화학교 봉사자들 그리고 각 성당의 전례단원들을 비롯한 모든 봉사자들께 감사드립니다.

그리고 병환 중에 계신 모든 분들과 그 가족들, 특히 해온 글라라님을 위해 기도드립니다.

마지막으로 대녀 김서현 안젤라, 육적인 딸 한민교 미카엘라, 부모님이신 박정길 에바리스또, 송순애 마우라, 동생 내외 박영철 알프레도, 김수영 아델라, 조카 박정우와 박정준, 외삼촌 송상규 마가리노와 저의 사촌들께 감사를 드리며, 항상 정오의 우물가에 홀로 있는 제게 먼저 말을 걸어주시는 예수님, 사랑합니다.

주님, 저를 밝혀주소서.

저를 태워 세상을 빛내는 촛불이 되겠나이다.

2025. 12

박윤후 안나